No son tantas las estrellas

edición de aniversario y definitiva de Pisot

ISAÍ MORENO

Isaí Moreno

No son tantas las estrellas

edición de aniversario y
definitiva de Pisot

katakana
editores

No son tantas las estrellas
Edición de aniversario y definitiva de *Pisot*
Primera edición en EEUU 2025

© Derechos reservados de la novela Isaí Moreno

© Published by katakana editores 2025
All rights reserved

Editor: Omar Villasana
Diseño: Elisa Orozco
© Imágenes de interiores Blanca Beatriz Caraballo

ISBN: 979-8-9922137-1-3

KATAKANA EDITORES CORP.
Weston FL 33331

✉ katakanaeditores@gmail.com

PRÓLOGO

Durante los últimos años virreinales, en esa Nueva España que nuestros novelistas suelen ignorar con singular optimismo —quizás convencidos de que sólo en las cosas del presente es posible reinventar un destino más amable—, Isaí Moreno ha dado vida a una extraña figura literaria. Transeúnte de un relato circular y casi infinito, su personaje se llama Policarpo de Salazar y es un logaritmo viviente, un calculista de obsesión, sí, un matemático capaz de hacer de lo visible una operación de lo impensable o de transformar cualquier rutina urbana en dividendo, divisor, cociente y residuo, y todo ello en un solo golpe de voz.

Centro de todas las miradas científicas que nutrieron las curiosidades de nuestro último periodo colonial —época que está a punto de transformarse en umbral revolucionario—, en Policarpo se personifican las dinámicas de un mundo que convive en silencio con una sensación de progreso latente. Tal sentido de modernidad inminente se apuntala en la construcción del Palacio de Minería que Manuel Tolsá realiza en estas páginas, en los alumbrados públicos que por aquellos años estrenaban las ciudades mexicanas, en la mecánica de las campanadas de los edificios públicos, en el acertado pronóstico de un eclipse con que abre la lectura de *No son tantas las estrellas*, incluso en la cotidianidad de los viajes de circunnavegación por el orbe hispano, y, sobre todo, en la cultura de la educación y de la enseñanza que despliegan los sabios del libro —muchos de ellos presentados con gran economía mediante imágenes jesuíticas—.

De hecho, aquí nada es estancamiento, tal y como nos lo participa la experiencia del reloj —esa realidad que todo lo hizo instante determinado y momento determinante en Occidente— que acompaña al libro casi desde sus páginas iniciales.

Para completar con audacia este histórico cuadro de costumbres virreinales, el parentesco entre magia y tecnología también reclama aquí un sitio de privilegio. Lo que es más, el ejercicio de las invenciones fantásticas resucita el viejo esquema mental tan propio de los mundos anclados en las coordenadas de lo ambivalente porque —es menester decirlo— aquí lo mismo domina la explicación providencial del destino humano que los grandes discursos del pensamiento racionalista. En consecuencia, la lectura de *No son tantas las estrellas*, representa, entre tantas otras cosas, una apropiación de los exabruptos que sufre la mirada religiosa cuando ella percibe el cambio de signo de su exterioridad más material. Por lo demás, este oscurantismo enfrentado a la consciencia cientificista representa el mejor caldo narrativo para que Policarpo continúe intrigándonos con los guarismos de sus búsquedas y con la contabilidad de sus asesinatos.

En efecto, esta mente cuyas extraordinarias habilidades aritméticas trasudan el aire ilustrado del siglo XVIII trasciende también en su condición de asesino serial, de prófugo de la justicia, de gran enemigo de la vida y de la paz social. Así, la ciencia numérica que organiza su existencia criminal pronto nos va a servir de contrapeso para terminar de entender las dinámicas de la realidad histórica que sirve de marco a gran parte de la novela —los albores de la Independencia—. De hecho, sólo en la *con-fusión* de tan dispares eventos —matemáticas del homicidio— llegaremos a comprender que cuando una sociedad insiste en explicarse a ella misma como hija exclusiva de sus cálculos más lúcidos, de alguna forma ha de inspirar la creación de personajes que, como Policarpo de Salazar, concitan en su destino a los ancestros negados de un pasado que gracias a la literatura de Isaí

Moreno hoy se hace por fin de veras nuestro. Dicho de otra manera, ¿quién pudiera dudar que la enfermedad de una época precedente no se humaniza con el análisis clínico de sus antiguos homicidios, vaya, ni siquiera con las justicias heredadas por aquellos que intentaron subsanarla, sino, sobre todo, con la *literaturizada* crueldad de sus asesinos? Tal como lo ilustra Marc Bloch en su *Apología para la historia*, cuando las ciencias que estudian el pasado se hacen rígidas en la valoración de las pasiones, a su rescate vendrá siempre la literatura, esta maravillosa e innocua mesa de laboratorio en donde se intentará la imprudencia de otros presupuestos —¿de otras fobias, de otras taras, de otras máscaras?— para explicar con más humanidad los avatares de un pasado que sigue pasando entre nosotros. Y si acaso *No son tantas las estrellas* no tuviera otra virtud que la de haber recuperado a los antihéroes de la historia nacional, sobre todo aquellos que convivieron con la raíz de nuestro espíritu científico, sólo esto habría valido la pena para justificar su presencia entre los lectores del siglo XXI —lectores que, sin forzar la ironía, no pocas veces son nuevos Policarpos, en especial cuando reconocemos su condición de ciegos manipuladores de códigos binarios, de adictos extraviados en la inmediatez de lo numérico o, por qué no decirlo así, de conciencias atrapadas en los vacíos dobleces que hoy exhibe el verbo *navegar*—.

Dividida en dos periodos novelescos muy distintos entre sí, Isaí Moreno también sabe evocar con maestría la complejidad del discurso matemático, sus incomprensibles léxicos, sus apabullantes teoremas, las conjeturas más áridas de que se tenga noticia... No, no es nuestra ignorancia lo que da firmeza a sus explicaciones; es, de hecho, el que la novela no quiera explicar nada lo que la pone a nuestra alcance. A través de dicha estrategia el libro decide regresar a nuestro presente para narrar las búsquedas de otro personaje que de alguna manera se presiente como extensión de aquel homicida ancestral. Marino, este posible *alter ego* de Policarpo, vive entre nosotros, está existiendo aquí mismo y se nutre de nuestra actualidad mientras se lanza a la caza de algo que no atinamos a definir; no es un número secreto ni una fórmula desconocida sino, tal vez, una ecuación digna de su inteligencia, un algoritmo que le permita la destreza de saberse superior o, por el contrario, la de declararse insuficiente y entonces hacer suya su muerte. Al final, este otro marco histórico expuesto en clave de relato policiaco nos hará concluir que los números no son diabólicos por las obsesiones que vehiculan sino por el miedo a comprobar que la vida pueda alguna vez hacerse secuencia, encadenamiento, frivolidad de un cálculo o, lo que es peor, pura razón ordenadora.

Las realidades numéricas no deben transformarse en herramientas del porvenir ni convertir nuestra humanidad en una religión de la mente, nos sugiere a hurtadillas esta novela mientras su plasticidad cronológica nos propone, ahora sí con toda contundencia, escapar de las erudiciones que buscan reducir nuestro estar en el mundo —el *Dasein* con que Heidegger intenta definir las explicaciones que le damos a la realidad— a un puro adjetivo numeral. Si las matemáticas son sólo vida transformada en signos, deben ser vividas y explicadas como se viven y explican muchas otras cosas a las que nuestra cotidianidad ha dado condición de significativas: la cura de una enfermedad, la química de los sabores, la cartografía de aquel continente o el aprovechamiento de la lluvia en la estación más propicia del año, por citar rápidos ejemplos.

En fin..., que líbrenos Dios de un prólogo largo, decía Quevedo al concluir un proemio de mucha extensión. Por ello, mejor será no incurrir en contradicciones de ningún género y advertir al lector que está a punto de transitar por las calles de un relato que nos pertenece al nombrar una parte de nuestro pasado con voces e instintos que informan mucho de lo que ahora somos. Y si bien es cierto que los asesinos y las víctimas de *No son tantas las estrellas* exhalan la amargura del sinsentido numérico, es de agradecerse el hecho de que a pesar de no entender muchas de sus ecuaciones el relato hace que las vidas que nunca moriremos y las ecuaciones que nunca resolveremos cobren lucidez en el anhelo de llegar al punto final, al resultado de la trama, al producto de una historia que es única y compleja y apasionante y, sobre todo, entretenida. ⌘

JAVIER VARGAS DE LUNA

Para Evelyn

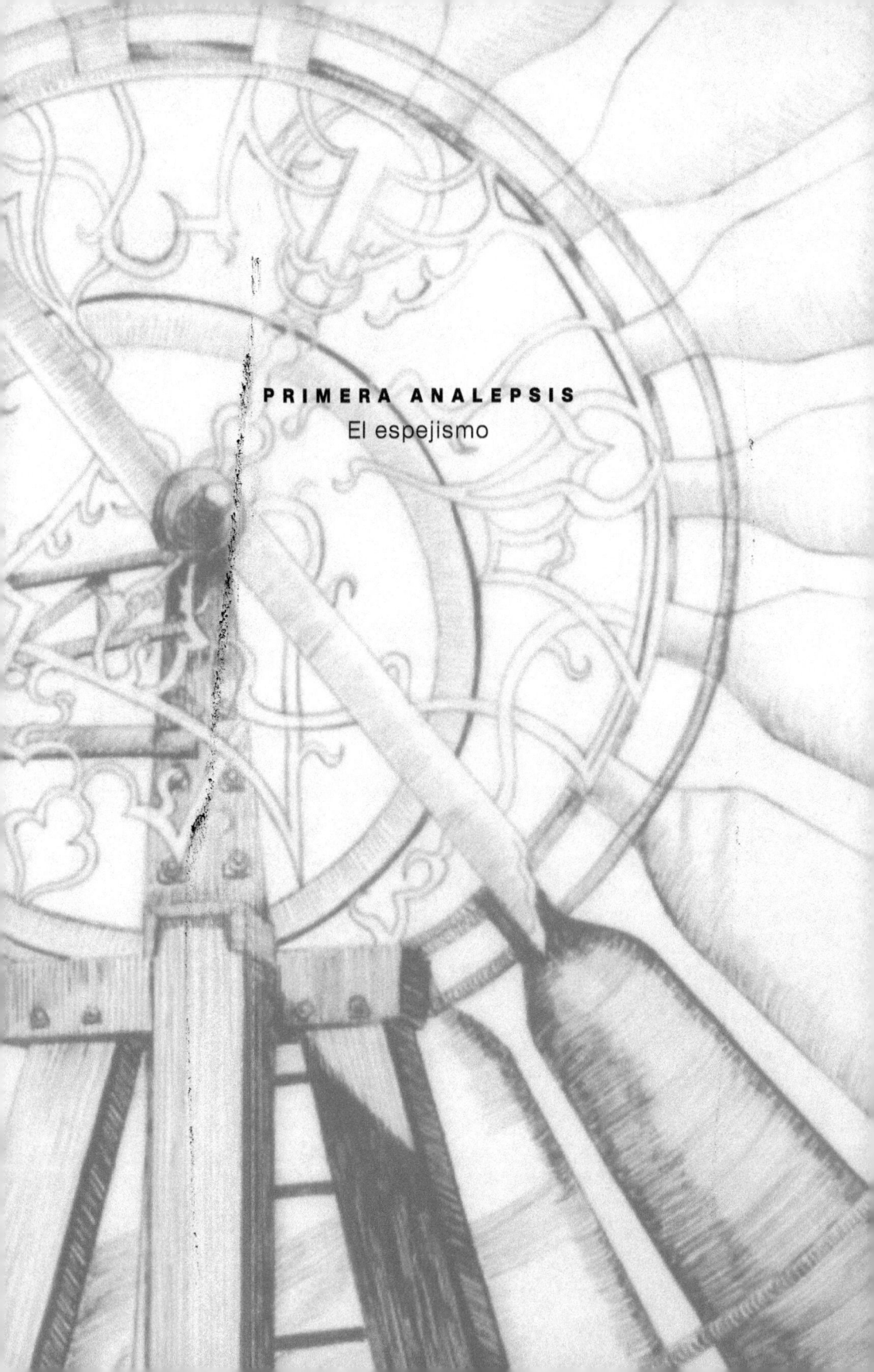

PRIMERA ANALEPSIS
El espejismo

Un demonio me enseñó las proporciones y los números
y construí con los ojos cerrados un patíbulo,
del que cuelga una cuerda.

MARGUERITE YOURCENAR

El 13 de mayo de 1752, en la ciudad antigua de México, ocurrió un incidente inusitado, particularmente grotesco. Aquel día se esperaba un eclipse de sol, vaticinado con exactitud por los astrónomos de la época. Los eclipses han sido siempre objeto de desconfianza. Desde hacía un año, los sabios discutían y refutaban las disertaciones de otros conocedores acerca de esos sucesos que originan la tiniebla y oscurecen el corazón de los hombres. A propósito de ello, don José Mariano de Medina, astrónomo eminente de la ciudad de Puebla escribió:

> Estoy cierto de que el estrago que suele experimentarse en semejantes años es hijo, no del influjo maligno de los astros, sí de los sustos y temores con que afligen á los aprensivos las predicciones fatales de los Astrólogos.

Estas palabras se hicieron circular en un pequeño folleto (*Destierro de temores y sustos, vanamente aprehendidos en el eclypse quasi total futuro del año 1752*), mismo que resultó objeto de gran polémica y ataques, en particular los del físico Narciso Marcop y Hecafoc, quien a su vez publicó un folleto-epístola al que llamó: *Carta á una señora sobre el eclypse futuro del día 13 de mayo de este presente año de 1752 y sobre la carta impresa que escribió el Br. D. Joseph Mariano Medina*. En éste, el autor reivindicaba los derechos del hado a favor de los eclipses infaustos y rebatía el racionalismo ilustrado del necio Medina. Así, entre discusiones acaloradas y enfrentamientos de eruditos, anuncios de calamidad por parte de los clérigos y los lamentos de los ignorantes, el eclipse pronosticado llegó.

No fueron pocos los que encomendaron su alma a la Providencia. Al empezar a oscurecer, numerosas viejas se reunieron en grupos y entonaron letanías en un triste intento por ahuyentar al Maligno y a las ánimas funestas. En las calles aullaron los perros, aumentando con sus alaridos la certeza de la miseria humana, cubierta por el velo de esa noche siniestra que amenaza al hombre. Así lo pensaron aquellos que acompañaban en sus últimos instantes a don Juan de Salazar, orfebre criollo y anciano honrado, quien moría víctima de los estragos del asma. Nada tan cruel, se lamentaban ellos, como el presenciar la muerte lenta, indecisa a cortarlo todo de un tajo. Los últimos respiros dificultosos del viejo recordaban a los de un perro decrépito extinguiéndose en un rincón, cuyo aliento se escapa entre sonidos desarticulados, pausados. El drama se acentuaba al saber que el anciano se debatía en su lucha contra la muerte justo a la hora de aquel eclipse, con los hombres a la disposición de fuerzas que azotan sus destinos como una tormenta. Los resuellos del hombre, que parecían por momentos apagarse por fin y dar término al dolor, reiniciaban de súbito como silbido desesperado, insistían en arrebatar instantes de más padecimiento a esa garganta contraída por los espasmos. Al concluir el eclipse, el anciano se entregó finalmente al sueño de la eternidad. Familiares y amigos lloraron. Aun cuando el sol brillaba de nuevo, muy pocos se percataron de su aspecto tembloroso y mortecino, como el de los cirios mortuorios que se encendieron para velar al muerto. El trance extenuante se terminaba… Fue entonces cuando los dolientes, asombrados, escucharon la voz de un infante que dijo: Sé cuántos resuellos dio antes de morir. Se hizo un silencio en el que todos se volvieron para ver al que hablaba. Las muecas de azoro tornaron al horror cuando Policarpo pronunció una cifra. ¡Había contado las respiraciones del enfermo en su atroz agonía, una por una hasta el final! Las mujeres tartamudearon, intentaron rezar oraciones olvidadas. Un soplo helado inundó el espacio, se instaló en los huesos de los presentes. ¿Qué tipo de engendro se hallaba entre ellos? Sólo los entes demoníacos eran capaces de aberraciones como aquéllas. Ese niño estaba enfermo, quizás poseído. Eso era. O tal vez debía atribuirse el hecho al eclipse. La mente de todos guardó la escena para futuras pesadillas, habrían de rememorarla durante el resto de sus días. Sus vientres se estremecieron al mirar al jovenzuelo de tez pronunciadamente clara volverse con inusitada indiferencia y dirigirse al patio de la casa.

Sí, de seguro que lo ocurrido era la señal de una próxima, de una inminente calamidad.

PASARON LOS AÑOS Y MUCHOS DE LOS VECINOS DE DE SALAZAR que esperaron la calamidad murieron de viejos. Los granos del reloj de arena cayeron impasibles al aliento detenido de quien se obstinaba en recordar el hecho.

Una fría tarde de 1779, cierta mujerzuela vieja y desdentada corrió por las calles gritando. Su voz helaba la sangre: ¡*La epidemia, la epidemia!* El sobresalto de la gente se debió no sólo a la noticia, sino a la apariencia de la mujer que aullaba enloquecida. Momentos después, una carreta la atropelló y mató al instante. El clamor de la viruela circuló por toda la ciudad, poniendo a todos en alerta. Ya era demasiado tarde. Empezaron a morir miles de ciudadanos. Las carretas no se daban abasto transportando cadáveres: algunas, en las travesías apresuradas, se volcaban dejando los cuerpos al descubierto. Los que no se llevaban al cementerio se tiraban en los canales o se quemaban en las plazas. La infección inundaba las calles desiertas. También el llanto. En el centro de la ciudad, las campanas de las iglesias secundaban los dobles de la Campana Mayor de la Catedral. La calavera de la muerte mostró sus dientes podridos, las cavidades de sus ojos brillaron con la luz amarillenta de los cirios: la muy déspota reía. De entre aquéllos que lograron salir de la ciudad sin infectarse, se registraron incidentes de quienes fueron atacados por salteadores en los caminos, sus mujeres violadas y, en algunos casos, destazadas frente a ellos.

SEMANAS DESPUÉS DE LA EPIDEMIA, POLICARPO DE SALAZAR reapareció caminando por las avenidas: esa silueta de antaño, encarnada ahora en un hombre mediano en complexión, de cuerpo nervudo y mirada suspicaz.

Después de lo referente al eclipse, y al saber que nadie deseaba verlo, fue enviado por sus padres a Puebla, la culta ciudad de Palafox, donde lo recibió el benevolente e instruido jesuita José de Zaragoza. El religioso lo educó, prodigó sus atenciones al joven sin importar la opinión que gente común y corriente pudiese tener respecto al anómalo Policarpo. Éste creció ahí hasta bien entrada su juventud. Un lustro más permaneció viviendo en las habitaciones del jesuita, hasta la partida de éste a un retiro misional que culminaría en la ciudad de Valladolid. Luego de rechazar la invitación de José de Zaragoza para acompañarlo en el viaje piadoso, Policarpo se decidió a conocer el mundo por cuenta propia, iniciando un periplo de descubrimientos por la parte central y occidental del país. Dos años más vagó por poblados y comarcas antes de retornar a la ciudad de México. Nadie le recordó al verlo. Cuando supo de la muerte de los Salazar (ninguno sobrevivió a la viruela) ni siquiera se inmutó. Se marchó en silencio y en pocos cuantos días se estableció en una buhardilla penumbrosa pero cómoda, cuyas paredes aislaban el bullicio de carretas y vendedores de baratijas en la Calle de la Buena Muerte.

HERNÁN CUEVAS CAMINABA APRISA, SE DIRIGÍA ANGUSTIADO A LA residencia de Antonio de León y Gama. Hernán era un mestizo apacible, de pelo encanecido, con quince años al servicio de uno de los más grandes matemáticos del país. Don Antonio era conocido por sus duras críticas a las publicaciones científicas de la *Gazeta* (años después, refutaría con elegancia en este medio, la demostración que hiciera un anónimo de la *cuadratura del círculo*). Había elaborado la *Descripción orthográfica* de un eclipse de sol en 1778 e interesantes observaciones al *Kalendario perpetuo* de Fray Alejo García y a la *Astronómica y harmoniosa mano* de Buenaventura de Ossorio, obra en la que el último describía métodos para hallar el número áureo y para el cálculo de la epacta, el *cyclo* solar, la indicción y las calendas. Los mismos catedráticos de la Real y Pontificia Universidad le buscaban para consultarle y a él también se dirigió el matemático José de Peredo para presentarle, no sin entusiasmo, sus *Demostraciones geométricas de la existencia de Dios y acerca de la Inmortalidad del Alma*. Era amigo del jesuita Francisco Javier Alegre, quien escribió un grueso tratado de gnomónica y otro más de elementos de la geometría. De éste aprendió la construcción y el uso de instrumentos matemáticos a la manera de S´Gravesande, además de serle inculcado el orgullo por la ciencia de la Nueva España, que empezaba a ser independiente de las mentes europeas.

De León y Gama amaba a Arquímedes, poseía un ejemplar traducido del griego al latín de su *Arenario*, al cual llamaba el *Harenaria*, así como otro del *Progymnasmata* de Tycho Brahe, el maestro de Kepler, y uno del *De umbris idearum* del hereje italiano Bruno. De joven, su abuelo le había dado a leer la cita de San Agustín que reza:

El buen cristiano debe tener cuidado de los matemáticos y de todo aquel que haga profecías vanas. El peligro ya existe porque los matemáticos han hecho un pacto con el demonio para oscurecer el espíritu y confinar al hombre al reino del Infierno.

Pese a la advertencia, optó por ser matemático a la vez que cristiano cabal: estaba al tanto de las cosas de su tiempo y aunque leyese a Giordano Bruno y de vez en cuando se divirtiera con los juegos de azar y las apuestas, se le consideraba un dechado de sobriedad.

Al trasponer el sirviente la puerta de la casa de De León y Gama hacía rato que éste lo esperaba con ansia. ¿Lo ha visto?, le preguntó impaciente. Lo he visto, don Antonio, respondió Hernán. El sabio miró el semblante abatido de Cuevas. No parecía el de siempre, pero conocía el carácter impredecible del sirviente. Hernán, indagó De León y Gama sin poder contener la agitación, ¿le ha recibido?, cuénteme qué le ha dicho el hombre. El otro respondió: Le conoce, señor, ha escuchado de usted y de su obra, también dice que está dispuesto a verlo, ...en unos días. ¿En unos días?, ¿acaso se halla indispuesto para una simple plática?, increpó el matemático. Debe ser, don Antonio..., debe ser, dijo el viejo antes de guardar silencio.

La estancia estaba oscurecida tras caer la tarde y un débil rayo de sol se desvanecía sobre el anaquel donde reposaban libros polvosos, varios de ellos sin abrirse desde hacía mucho. Los ojos del científico se posaron un momento en ellos. Está bien, instruyó Antonio de León y Gamma, no tengo prisa por verlo, y usted vaya en paz, don Hernán, luego le enviaré una carta al hombre. Cuando Hernán se marchaba, el matemático pudo ver cómo sus pasos vacilaron. Susurró: ...quisiera decirle algo señor... lo que ocurre es que... Dígamelo pues, me mata con sus misterios usted, don Hernán, atacó el científico cerrando de golpe un libro que hojeaba. No me causa ninguna confianza, gimió Hernán, cuando hablé con él parecía que me dirigía a un muerto y no me gustó nada. Mhhh, dicen que es raro el individuo. Sí señor, dijo el viejo, pero su mirada..., tan sólo con verlo a los ojos se encoge la piel, además tiene la voz apagada, como si padeciese de una angina y está rodeado de cosas extrañas: de una de sus paredes colgaba el *Políptico de la Muerte*, o eso me pareció, y vi en el piso un recipiente con sanguijuelas. ¿Conoce usted el *Políptico de la Muerte*, Hernán? Sí, don Antonio, confirmó el sirviente para sorpresa de su empleador. De León y Gama acotó: ¡Debe estar enfermo, Hernán, acuérdese que muchos usan las sanguijuelas para hacerse sangrías y curarse heridas! Si usted lo dice, así sea, pero hubo algo más que me espantó, chilló la voz del sirviente: tenía un reloj sobre su mesa que marchaba al revés, ¡las manecillas se movían en sentido contrario!

Antonio de León lo recorrió con la mirada. Pareció estudiar lo que diría al viejo. En el anaquel de los libros buscó entre fajos de papeles. Removió libros. Sopló el polvo de documentos hasta extraer cuidadosamente un folio marcado.

Estoy acostumbrado a las rarezas de la gente, dijo, ni los que se dedican a la ciencia no son ajenos a ellas. Extendió a su interlocutor el papel.Eso me lo enviaron hace cuatro años para revisarlo, por esas cosas ya no me extraño, y mire que es una rareza: lo escribió un franciscano de la provincia de Yucatán al que la Inquisición estuvo a punto de ahorcar. Cuevas tomó la hoja y leyó en voz baja un larguísimo título a la usanza barroca: *Sizigias y cuadraturas lunares ajustadas al meridiano de Mérida de Yucatán por un antíctona o habitador de la luna, y dirigidas al bachiller don Ambrosio de Echeverría, entonador de Kyries funerales en la parroquia del Jesús de dicha ciudad, y al presente profesor de logarítmica en el pueblo de Mama de la península de Yucatán, para el año del Señor de 1775.*

¡Hombre, don Hernán!, exclamó el sabio, un fraile erudito hablando de habitadores de la luna. ¡Dios nos libre!, se persignó el buen sirviente al responder. El hombre tenía ya bastante para ese día, salió de ahí a cumplir con otros deberes importantes. De León y Gama se quedó con sus libros en silencio. Pensaba en el individuo de la discusión. Sí que era extraño. Pero se murmuraba que tenía una rara habilidad contando objetos de gran número y para los cálculos mentales. Aquello le había quitado el sueño. Luego de un día extenuante, juzgó que valía la pena quedarse leyendo un poco más. Encendió su lámpara de aceite cuya luz alumbró la habitación y proyectó simultáneamente un cúmulo de sombras que danzaron al ritmo de la llama.

EL APARATO GIRABA OBEDECIENDO LAS LEYES INMUTABLES DE la sincronía. Cada pieza comunicaba a las otras un movimiento preciso a través del riguroso metal de su estructura. La tensión de un muelle se liberaba con solidez por todo el engranaje hasta desembocar en un elemento que, sin cansarse, oscilaba alrededor de sí mismo, del centro de su centro, para establecer la regulación que rige los asuntos de los hombres.

Las manos del relojero ajustaban el artefacto como una deidad creadora en el momento de dar los últimos toques a la obra que será, por designio, el testimonio del *mysterium* en todo el futuro por venir. Se trataba de un reloj inglés, una máquina impecable cuyos tornillos y engranajes fabricara en persona el famoso Ramsden, hombre apasionado por la exactitud y la pericia. Pertenecía a un adinerado surtidor de cacao de la Calle de la Concepción. El *tic-tac* producía un eco que rebotaba en las paredes del cuarto cerrado, iluminado apenas por dos velas mortecinas. Así, mientras el relojero miraba la oscilación inquieta del volante de bronce, los laberintos de su memoria se retorcían de maneras aviesas y conducían a los días en que éste aprendiera la relojería y el arte terrible del *relox universal*, la técnica mediante la cual se ajusta la sincronía de la máquina con la de los astros del cielo. Su maestro decía: *el tiempo y el destino son uno solo.*

Para el dominio del arte se requerían años de aprendizaje en la variación de tiempos y estaciones, la observación de las estrellas y la caída de los granos en el reloj de arena. Se debía tener una conciencia serena acerca de la muerte, rectora del movimiento del engrane, además de amplia destreza en la manipulación de los números. Los números eran su vocación primera. Desde pequeño contaba. Números y más números fueron pronunciados por su boca. Nunca supo nadie del origen de ese apego. Contaba todo ante sus ojos: los pájaros en los álamos, los cirrus en el cielo, los balcones de las plazas, las casas de las calles, las calles mismas. Enumeraba los toques de las campanas eclesiales, los pasos que daba alguien de un lugar a otro, las palabras en el sermón de los domingos, las letras de tal o cual libro... Una vez quiso contar las luces del cielo estrellado, pero el sueño lo venció antes de conseguirlo y se sumió en un despeñadero oscuro, donde el alma confundida descubre nuevas preferencias. A partir de entonces, experimentó un singular placer al contar sólo cosas excepcionales como los graznidos de los cuervos, los gorjeos de la lechuza vaticinando la muerte, los gemidos que daban en el orgasmo las criadas al copular en los graneros con los sirvientes, los aullidos penosos de los perros en la intemperie o el doblar de las campanas en fechas fúnebres. Su tutor, José de Zaragoza, se desconcertó al hallarlo contando las hormigas que devoraban el cadáver de un pájaro.

Un día descubrió por accidente su habilidad para hacer cálculos sin recurrir al papel: regresaba a casa de De Zaragoza y luego de haber mirado la numeración de las casas en una avenida pronunció sin querer una cifra. No tardó en percatarse de que aquel número no era otro sino la suma de los que había divisado, hecho que comprobó haciendo la suma en el suelo con un trozo de carbón. Todo *aparecía* en la mente. Transcurrido el tiempo le era posible, de un único vistazo, saber si las cuentas de la casa eran exactas y varias veces calculaba las más largas en cuestión de segundos. El astrónomo poblano don Miguel Francisco de Ilarregui le pidió computar las epactas del año lunar. Otra ocasión, en una visita con su protector a la biblioteca de Palafox, elevó mentalmente al cuadrado, y luego al cubo, la cantidad de libros de ésta, dejando boquiabiertos a los presentes. Los números eran, pues, la razón de su existencia.

Al partir José de Zaragoza a una larga misión evangelizadora, lo encomendó a Dios y le deseó suerte con el oficio que le enseñara. Podía hacer lo que desease. Él guardó un duelo de tres días. Luego se sintió dueño de sí y decidió probar con las andanzas. Recorrió poblaciones de Cholula, Huejotzingo y el Valle de Texmelucan. Trató con menesterosos y ladrones. Convivió con herejes y estafadores de todas las calañas. Durmió con aventureros y rebeldes que ya hablaban de liberar a la plebe de la corona española. De día trabajó para granjeros y terratenientes y por las noches se refugió en posadas. Cierta ocasión, en la añosa hostería *El Fogón*, despertó sobresaltado: gotas pegajosas de sudor lavaban su frente. Tenía la *urgencia* de algo. Un sueño le trajo a la memoria aquel instante del pasado que cambió su vida y le costó el exilio. El día del eclipse. Una larva hiriente empezó a retorcerse en los intersticios de su vientre. Se persignó varias veces como aprendiera de De Zaragoza, pero la Providencia no acudió en su auxilio. Transcurridos varios meses, comprobó que no podía contenerse más. En las posadas frecuentó a las prostitutas que en voz baja le llamaron a sus aposentos: la mayoría de las mujeres eran desdentadas y feas, sólo pocas eran jóvenes como Policarpo. Una de ellas, Crescencia, se decidió a instruirlo en los goces de la carne, mismos que procuraron al principio deleite a Policarpo, y luego un remordimiento debido a las anteriores enseñanzas de su mentor. El jesuita le había previsto de la tentación perjudicial de las mujeres de toda clase. Por las noches Crescencia dormía con Policarpo sin que éste la tocase más. Éste volvía a pensar en su necesidad *esencial*, imposible de descifrar. Asistió donde había enfermos graves, pero nadie estaba próximo a morir. Acudió a lugares donde el trabajo era peligroso, mas no había accidentes que cobrasen vidas, como tampoco halló víctimas de estocadas o golpes fatales al recorrer caminos frecuentados por salteadores. Nuevamente permanecía despierto durante las noches, hundido en mares de inquietud, mientras la joven prostituta juntaba su cuerpo al suyo, pronunciando en el sueño nombres de amantes anteriores a él. Policarpo dio a la mujer las pocas monedas que le quedaban y le pidió que se marchase para siempre. Dejó pasar algunas semanas hasta que cierto domingo, entrada la tarde y aprovechando el descuido de un pastor, hurtó un cordero tierno. Llevó a la criatura a su posada. Llegada la noche, bajo el manto de la oscuridad cuyos dominios son la mitad del mundo, estranguló mesuradamente al animal para escuchar, con nitidez, los signos de su asfixia y enumerarlos. Apenas se tranquilizó. Al poco tiempo volvió a estrangular, ahora a un perro. Siguieron más ovejas. Cuando no hallaba estos animales debía conformarse con gallinas. A veces se introducía por las noches donde los pesebres y con una soga estrangulaba mulas y yeguas. La gente empezó a alarmarse al descubrir muertas a sus bestias, se organizó en grupos que recorrían con antorchas y lámparas las veredas de noche, precedidos por perros de agudo olfato. Él huía a otros poblados y se internaba en los bosques profundos del Popocatépetl. Cerca de una casucha abandonada encontró un ganso enorme y lo llevó consigo. Al iniciar su ritual de muerte con el ave, el animal aleteó con fuerza y logró liberar momentáneamente el pescuezo, dándole un fuerte picotazo en plena garganta: desde entonces menguó el timbre de su voz. Aquella característica, unida a su palidez y lo perdido de su mirada, terminó por infundirle la apariencia de un autómata parlante.

Sólo después de quince meses De Salazar pudo sentir alivio pleno: paseaba por un riachuelo cuando llegó adonde un campesino se bañaba. Se ocultó entre los arbustos de la hondonada adyacente al río para no ser visto, esperó con frialdad a que el hombre se vistiera. De pronto, a modo de soplo repentino cayó sobre éste y apretó el cuello de la presa. Para entonces sus manos eran ya dos tenazas férreas que estrujaban a conciencia, con dosis controladas de presión, como maquinaria medieval construida para el caso. El campesino, con los ojos descompuestos, jadeó hincado ante su verdugo, quien en voz alta jadeó también, pero con placer, hasta que todo se redujo a un número. Al final, satisfecho, talló en el tronco del árbol más cercano al cadáver la cifra crucial. Era un número bello, pues se trataba de un impar primo.

Después de largos devaneos decidió que regresaría al lugar que lo vio nacer. Llegó al mediodía con un maletín maltrecho donde se hallaban sus escasas pertenencias. Avanzó por esas calles que tantos años dejara de ver, pero que reconocía a pesar de haberse modificado. Policarpo de Salazar y Hurtado estaba ya instruido en las cosas de la vida y contaba con tres ocupaciones: era relojero, calculista y asesino.

LOS TRES HOMBRES SE ENCONTRABAN EN EL ESTUDIO DEL matemático. Habían sido tres los intentos de De León y Gama para reunirse con Policarpo: éste accedió al final luego de conocer la reputación del científico y el interés común por las cifras y la medición del tiempo. Ni el candil encendido lograba disipar la niebla que parecía emanar de los ojos del calculista, aunque éstos brillasen a intervalos como los de un reptil a punto de clavar la ponzoña. Sobre la mesa yacían varios libros abiertos, entre ellos uno de Gamarra y Dávalos con cálculos abreviados de guarismos enormes, y *El relox preciso*, la obra de Salazar Mendoza que hiciera populares en la Nueva España los relojes mecánicos de muelle en espiral. Ya que De Salazar había rechazado la invitación a sentarse, los hombres permanecían de pie, llenos de incomodidad. La atmósfera era densa y se palpaba la tensión en cada partícula. Incluso la llama misma de la lámpara se retraía al silencio hecho de cuando en cuando. Cada razonamiento de Policarpo de Salazar evidenciaba la educación jesuita recibida por su tutor, a los que había agregado sus juicios propios, desarrollados en las andanzas y esas noches solitarias cuando se debatía en pensamientos apremiantes, diríase que torturados. Don Antonio, en cambio, hablaba con la mentalidad de un iluminista, influido empero por las ideas de Athanasius Kircher.

Después de un lapso callado, se escuchó el carraspeo de Hernán y De León y Gama volvió a hablar: Así es precisamente la naturaleza de los números, sobre todo pensando en que se emparentan al orden de la vida, aunque somos nosotros quienes los gobernamos y regimos su manifestación abstracta en nuestras mentes, no importa que a veces se nos escape del dominio...

Se hizo de nuevo el silencio, un silencio espeso. De Salazar se movió de su sitio y tomó un tintero. Escribió en el papel una lista de guarismos.

111 111
222 222
333 333
444 444
555 555
666 666
777 777
888 888
999 999

El matemático miró los números intrigado. Mientras usted hablaba, dijo el otro con la mirada puesta en ninguna parte, he encontrado el mecanismo que los engendra: basta manipular los primeros números del conteo... ¿Cómo es eso?, muéstreme, pidió el científico. A continuación el relojero señaló: 37 por 91 es 3 367, los múltiplos de 33 son

$$33 \,(3\ 367) = 111\ 111$$
$$66 \,(3\ 367) = 222\ 222$$
$$99 \,(3\ 367) = 333\ 333$$
$$132 \,(3\ 367) = 444\ 444$$
$$165 \,(3\ 367) = 555\ 555$$
$$198 \,(3\ 367) = 666\ 666$$
$$231 \,(3\ 367) = 777\ 777$$
$$264 \,(3\ 367) = 888\ 888$$
$$297 \,(3\ 367) = 999\ 999$$

33, 66, 99, 132,.... Después vomitó una serie de números y operaciones aritméticas que De León y Gama registró con rapidez para no perderlos.

¡Dios, mío!, exclamó el sabio al mirar la tabla, qué asociación tan extraña.

Los ojos de Policarpo brillaron con la satisfacción de los tiranos cuando comprueban la extensión de sus dominios, su poder insospechado para subyugar a las multitudes. Hernán contuvo un avemaría y se persignó a medias con la mano sudorosa. Hacer esos cálculos con la sola cabeza era, con toda seguridad, obra de Satanás. Sería un don que el Inicuo reservaba a sus siervos para conquistar adeptos a las tinieblas. En la academia de San Carlos, por otra parte, el matemático escuchó sobre gente capaz de hazañas parecidas, pero en nada igualaban tal complejidad: estaba hipnotizado ante el desfile de números, producto de ese visitante. Que el caos guardase un orden, lo asustaba.

Policarpo de Salazar, dueño de la situación, tomó la palabra y pronunció esto con su voz apagada: El descender de las puras ideas a los caminos tortuosos del hombre, se convierte en el motor de grandes abominaciones. Era un profeta de lo ominoso elaborando enigmas para la atormentada especie que recorre un sendero incierto hacia la luz, buscando saciar su sed. Cuando un puñado de arena, continuó el calculista, se escurre entre los dedos, en la huida de cada grano empieza y termina la agitación de grandes números.

Siguió de nuevo el silencio. A propósito de que la arena había sido mencionada por el relojero, De León y Gama abrió el *Harenaria* que se hallaba en su mesa. En éste se representaban cifras más allá de la miríada y números de magnitudes indescriptibles, difíciles de concebir. Lo mostró al calculista. El *Harenaria* contenía las notas de una mente osada que engendrara ideas delirantes, como la de llenar la totalidad del universo con granos de arena, para luego calcular el número de éstos. Números que emanan de partes secretas de la mente para surcar la inmensidad. Sí, números descomunales que evocan el peso de lo eterno, el desvanecimiento ante sombras enormes que la vista no termina de abarcar. La mirada del calculista adquirió un brillo desconcertante. En su rostro no había expresión. Le impresionaba la idea, pero dejó patente al estudioso que se había referido a *otra* cosa. Chasqueó la lengua. Sus ojos tornaron el brillo en profundidad: en ella, la nebulosa marcaba una pauta, sugería ese lugar profundo como cavernas silenciosas en que palpitan vértigos y trazos sin fin: morada abismal de monstruosidades cuyas blasfemias ensordecen al mortal, incluso al inmortal, pues son los estruendos de voces inicuas que pronuncian cifras mayores que el infinito.

De León y Gama, matemático de profesión y hombre por excelencia ilustre, comprendió el mensaje de esa mirada. Los números del *Harenaria* se reducían al tamaño de ridículas hormigas que avanzan con torpeza sobre la tierra de los mortales. Tragó saliva salada, saliva de vértigo. Todo giraba en la periferia de su mirada cuando presintió la existencia de cosas que la mente vomita por instinto para no llegar a la locura.

Policarpo de Salazar rompió el silencio con ademanes y palabras para marcharse. Antes de hacerlo, miró largamente a los dos hombres que se quedaban conturbados. Parado en el umbral de la puerta, luego de una pausa, repuso como despedida: No son tantas las estrellas.

LA GENTE QUE HABITABA LA CALLE DE LA BUENA MUERTE ERA silenciosa, hosca. Era la calle de los devenires por donde la gente se apresuraba en busca de los curas de la Plaza de San Pablo para solicitar la confesión de sus moribundos. Las miradas de los moradores ignoraban al transeúnte: perdidas en la monotonía, sin signo alguno de vida, parecían contemplar hacia el interior de ellos mismos, ahí donde no existen las noches con sueños sino sólo oscuridad, cavidades en las que antes se guardara el conocimiento del dolor, y ahora nada. Eran espejos empañados reflejando caras sin emoción. Rostros de nadie.

En ese entonces la ciudad de México, capital de la América Septentrional en la Nueva España, era un nido de ladrones y serpientes. El virreinato se hallaba al borde de la decadencia. En los altos aposentos, la nobleza se arrebataba los títulos cual pájaros rapaces en coro de graznidos. Gobernaba el virrey Martín de Mayorga, caballero de la Orden de Alcántara, hombre considerado austero, impulsor de las artes y piadoso, pero que ignoraba o parecía ignorar la administración impía de las jurisdicciones en manos de sus cohortes, o el robo de éstas a los pobres, quienes al ser más miserables se robaban entre ellos. En las calles la gente arrojaba trapos viejos y malolientes desde los balcones de los pisos altos. Desde las puertas bajas, lanzaban tiestos rotos, perros y gatos muertos. Las plazas servían de mercados y de rastros: numerosos perros, muchos de ellos con sarna, se congregaban ahí en pos de los desperdicios. En Plaza Mayor se regateaban esclavos en tráfico ruin. De entre los charcos y lodazales volaban moscas para colocar sus larvas en frutos y fritadas que luego se vendían. Desde las ventanas colgaba ropa de convalecientes de enfermedades contagiosas. De ellas mismas caían maderas podridas sobre la cabeza de los que abajo compraban. Mendigos, unos ciegos y cojos, otros arrastrándose, pedían caridad en verso o mostraban llagas asquerosas o piernas monstruosas al descubierto. La plebe andaba casi desnuda, no sólo por los raquíticos salarios, sino por sus vicios y juegos de toda clase culminados en riñas callejeras, las cuales suministraban presos a las cárceles y cadáveres a los cementerios, cuando no más heridos que serían después mendigos.

Pasaban por las calles reos destinados a la horca, azotados por el verdugo de la Sala del Crimen o la Santa Inquisición. Pasaban pregoneros de edictos, circos ambulantes y convites para certámenes de la Real y Pontificia Universidad. Pasaban clérigos severos de sotana oscura, ante los cuales el mundo se arrodillaba y descubría. Pasaban carretas y cocheros, indios y mestizos, mulatos y gente de otras castas pregonando a los cuatro vientos su mercancía.

Luego del diurno bullicio, se imponían la oscuridad y el silencio: el fantasma de una mudez espectral recorría las avenidas dormidas, aún sin alumbrado, por las que sólo se atrevían a andar los locos o los ebrios. Por la Calle de la Buena Muerte se oía el desfile del Rosario de Ánimas nocturno al son de una tétrica campanilla, suplicando lastimeramente que se rezaran padrenuestros y avemarías por el descanso eterno de los difuntos.

En esas mismas noches, al interior de su habitación silenciosa, el relojero de la Buena Muerte (como le llamaban ya para entonces quienes le conocían) contaba los segundos para dormirse. Un segundo. Dos. Cincuenta. Mil cien… Desde su lecho numeraba los estertores del tiempo a la luz de la vela que amenazaba con extinguirse. La sincronía de la aguja avanzaba en movimiento angular con determinación hacia la muerte. Pero lo hacía al revés, en ese reloj que Policarpo mismo construyera y cuyas agujas marchaban hacia atrás cual si intentasen la recuperación del tiempo perdido, la vuelta a los años mozos en los que lo primigenio sonríe y acaricia

LA MARCHA EN EL SENTIDO CONTRARIO A LAS AGUJAS DEL RELOJ, ese artefacto demente que viera Hernán Cuevas en el taller de De Salazar, fue el motivo para que comenzase a circular rumores en Plaza Mayor. Ante los comerciantes afirmó que las dotes del relojero se debían a poderes obtenidos con brebajes de los indios idólatras en las inmediaciones de San Agustín de las Cuevas. Mencionó que en su taller había contemplado también instrumentos malignos, entre ellos un péndulo que nunca paraba de oscilar: ¿qué mejor prueba de un pacto con el Maligno? Afirmó que poseía un compás ajustado a la abertura adecuada para que, al trazar una circunferencia con éste, quien la miraba moría. Según el sirviente, había en poder del relojero reglas de medición y cordeles especialmente graduados para conocer la cercanía de los muertos y la espantosa Llorona. No bastando con ello, le atribuyó la posesión de manuales en lenguas paganas con números para invocar a los demonios de Legión. Sabe de maldiciones e injurias con las que el hombre se condena por toda la eternidad, dijo. Su inventiva aterrizó en los oídos toscos de la plebe, gente humilde que lo escuchaba y se confundía, pues mientras algunos pensaban al verlo en el 'Anticristo que viene', otros suponían en él a un sanador por imposición de las manos. Hubo quien lo creyó un ángel caído, investido en prendas de carne y hueso. Alguien más lo imaginó vuelto de entre los muertos.

Los escasos relojeros de la época intentaban extraerle conocimientos particulares sobre el tiempo y se inclinaban con respeto cuando conseguían que hablara del arte de establecer períodos, de las proporciones exactas entre las partes del *relox*, o de la Analítica de las medidas, incluidas las instrucciones para realizar monturas en el rubí tallado de los pivotes y la colocación del sistema de escape, ya fuese a modo de volante o péndulo.

Cuevas distaba de sospechar que sus palabras desmedidas tenían parte de razón: en el sitio de sigilo mental de De Salazar y Hurtado trabajaba un reloj secreto cuyas manecillas se acercaban a las doce en punto de la medianoche.

Sin imaginar lo que su criado hacía correr de boca en boca por las plazas (en breve planeaba tomarlo por secretario), De León y Gama también pensaba en el relojero. Trazó números ante su mesa.

La matemática y el arte están ligados por lazos íntimos, se dijo. Lazos anudados entre sí, palpables en la oscuridad que envuelve con tibieza el sueño de los hombres. De León y Gama percibía belleza en los roces tenues de la geometría subterránea, o en la formulación abstracta del álgebra. Delineaba curvas y se aplicaba al juego de las fluxiones y la cuadratura de curvas evocada en el *Tractatus* de Newton. Fijaba también su atención en eventos astronómicos y de la atmósfera terrestre, mirando todo como a través de un caleidoscopio: diversidad en la unidad, colores novedosos, demasiadas formas. Se dejó fascinar desde el inicio por las configuraciones que se perfilaban al avanzar la construcción del Palacio de Minería, obra a cargo de Tolsá, arquitecto y escultor arriesgado que reincorporaba a la tradición arquitectónica los elementos básicos de la simetría y la proporción del lejano grecorromano. Sí, señor, sostenía, Manuel Tolsá es el artista capaz de fundir la frialdad matemática con las texturas sutiles del arte, traspasando así los límites del humano ante el acto creador. Al caleidoscopio pertenecía también todo aquello relativo a la navegación y a la deformación de las longitudes, tema tratado por José de Zaragoza y por Diego de Guadalajara y Tello en su periódica *Advertencias y reflexiones varias conducentes al buen uso de los reloxes*, que aparecía desde 1777. El reloj y la ciencia de la navegación formaban una unidad indestructible. De Guadalajara y Tello era maestro de Matemáticas en la Real Academia de San Carlos, donde el nivel abstracción era elevado y la comunidad se mantenía al tanto de los avances recientes. Lo mismo ocurría en el Real Seminario de Minería, lugar de altas matemáticas, superiores a las de la Universidad Pontificia. Aquel sabio veía la *reloxería* como un arte liberal y coincidía en los gustos de De León por la proporción y simetría. Ambos tenían sus opúsculos e investigaciones propias y hasta ahí llegaba la relación entre ellos. De León y Gama, por otro lado, había acariciado la idea secreta de clasificar con meticulosidad todo el conocimiento matemático de entonces: jamás lo haría: el tiempo es un ente más escurridizo que el agua o la arena.

Entre el incansable ir y venir al Seminario de Minería, absorto en revisiones y comentarios a textos científicos, libros y simbolismo, el matemático se dio tiempo para pensar en los ya dos encuentros con el calculista. La voz del hombre era imposible de apartar del recuerdo. ¿Cómo se le habría vuelto tan grave, tan apagada? Meditaba en las entidades monstruosas que planteara el relojero, arriesgando la idea de que, acaso, no mereciesen el nombre de números. Aunque no podía compararse él en habilidad y rapidez, era también por su cuenta un excelente manipulador de números. Aplicandolos métodos de Leibnitz era capaz de obtener magníficas aproximaciones de números irracionales a varios decimales, entre ellos, por ejemplo, el número π, mismas que le sirvieran para el análisis del problema de la cuadratura del círculo. En su segundo encuentro con de Salazar, iniciada la discusión, el matemático recurrió al trazo de una circunferencia, un dibujo perfecto que realizó sin auxilio del compás.

La fascinación del círculo no está sólo en su forma, aseguró De León, también se halla en su centro, el punto del que parecen huir todos los que se hallan en la curva para equidistar de ése y conseguir la máxima simetría conocida. La distancia de todos ellos a ese centro enigmático, continuó, posee una relación que las culturas diversas entrevieron, pues cuando el doble de esta distancia divide a la longitud de la curva cerrada surge un número maravilloso, por excelencia hipnótico, la cifra perseguida con extenuante esfuerzo por los antiguos: desde Atenas hasta las tierras paganas de los moros y musulmanes, fue añorada, asimismo en Florencia y en las regiones altas de la cima del mundo, ¿sabe?, ahí mismo donde se asentaron las terribles dinastías chinas y tártaras, y ni imaginemos cómo la persiguieron los egipcios, los babilonios, los caldeos, todos por igual, heredando su sueño a los pitagóricos, los gnósticos cristianos, incluidos los magos, hasta que finalmente se comprobó que la Tierra es redonda: ¡de nuevo el círculo se encontraba ahí! Después se demostró que la Tierra rota sobre un eje, explicó el sabio, todo aquello que rota describe circunferencias en torno al centro geométrico de la forma que gira...

Ignorante del mecanismo para calcular la relación mencionada, Policarpo pidió a De León los números que debía dividir para obtener la cifra maravillosa. El número de círculos que puede trazarse es infinito, respondió éste, tratar de encontrar dos cantidades cuyo cociente genere nuestro número, conduciría a un grave problema. Le refirió que una aproximación dada por Arquímedes fue mejorada después por el chino Tsu Chang cuatrocientos años después de la ascensión de Cristo. Chang llegó a un número sólo aproximado, pero imperfecto (escribió el sabio en una hoja de papel): *3.1415929...* el cual no era precisamente el buscado, pues tenía exactitud hasta la penúltima cifra escrita. Además, el número de decimales existentes debía ser infinito y era imposible predecir de manera alguna el siguiente en la lista. Mire, Policarpo, si le interesa hay una técnica matemática útil para calcular paulatinamente sus decimales, la inventó no hace mucho un alemán, aunque es laboriosa y exige cálculos y más cálculos para ir obteniendo cada cifra con precisión, señaló el matemático. Muchos cálculos... No hay problema, pensó con arrogancia el calculista. Un esbozo de las técnicas de Leibnitz convenció a Policarpo de lo contrario. Con la palabra 'cálculos', el matemático se refería a técnicas del álgebra y a un equivalente de las fluxiones de Newton. Para el otro todo era número. Después de esa sorpresa empezó su obstinación por conocer esos números caprichosos que, divididos, originarían ese otro, ignoto también. Debía tenerlos enfrente, bien determinados, para después manipularlos a su manera. De León y Gama pronunció su sentencia: No se puede lo imposible. Pero el calculista ya pensaba sin escuchar, sin ceder el oído al mundo. Empezaba a sumergirse en abstracciones, en mares de números salvajes que se agazapaban en su interior, buscando aquello que estaba seguro existiría. De León lo vio marcharse con el semblante duro y lleno de cautela: como un animal que ha sido burlado.

De León y Gama pensó en lo que habría ocurrido si Arquímedes hubiese tenido aquella habilidad para calcular con la mente. ¿Existiría su geometría y catóptrica, su hidráulica?, ¿se habría perdido en el océano de las cifras sin fijarse en la amenaza de Marcelo, aquel depredador romano a quien combatió valerosamente con su ciencia? Especuló el sabio. Imaginó una visión monstruosa en la que Galileo vociferaba números de todas las proporciones desde lo alto de la torre inclinada, con la gente de Pisa anotándolos enloquecidos. Si de algo tenía certeza, era de que la relación de las formas con el número no es gratuita: imposible hallarla con sólo la forma o sólo el número.

¿Realmente estaba seguro? Compartía el desconcierto inicial de Policarpo, tanto así que en la víspera de la noche, tras una cena que apenas probó, sintió la compañía de finas partículas flotantes en el aire: entraban a su cabeza por los ojos, por los oídos, por todas partes.

YA EN SU REFUGIO EN LA CALLE DE LA BUENA MUERTE, EL calculista tomó cordeles de diversas longitudes para rodear los contornos de círculos cortados en madera. Conoció el suplicio de la incertidumbre, y era aquello que oculta las cosas en su auténtica dimensión, cuando se persiguen números inaccesibles a la burda acción de medir: porque medir es sólo adivinar.

Se preguntó por el álgebra a la vez que se confundía con la geometría de los infinitesimales. Ese Leibnitz... Pero los números eran su vida y *obtendría* sólo a partir de ellos, sin artificios de ninguna especie, la enigmática cifra. Los valores que resultaban de sus cálculos mentales, consecuencia de mesuras imperfectas, le aproximaban a una cifra apenas mayor al tres, con decimales difusos y tan variables como variaban las incertidumbres. La escala de medición nunca se ajustaba al caso, se requería que las cuerdas no quedasen en puntos imprecisos de la graduación, pero aquéllas se obstinaban en desplazarse o elongarse. Cuerdas como trampa. Pretendía atrapar un número cuyas décimas danzaban macabramente antes de esfumarse en la aspereza de la realidad. Era cierto que la circunferencia regía el tiempo como es un hecho que los engranajes del reloj son circunferencias dentadas. El relojero deseaba cifras cognoscibles y existentes como las del mar agitado en su interior, siempre dentro y no fuera, huyendo de la mente que trata de apresarlos. La geometría debía ser mentira. Desde ese momento, el acto de calcular adquirió la dimensión de un desafío febril surgido de la nada para el buscador de números, pues miraba tesones escondidos en la llama fulgurante cuya luz es tan clara que enceguece. Presentía cifras manipulables con naturalidad que diesen paso al éxtasis. De seguro el matemático conocía varias de ellas y no deseaba revelarlas. Pronto lo buscaría para extraerlas, de ser necesario por la fuerza.

La circunferencia era un ardid del movimiento, ilusión o quizá creación, así como quizá lo era el tiempo, urdido por una mente obstinada en distorsionar la realidad. Eso: eran una creación engañosa.

Ni Policarpo de Salazar ni De León y Gama sospechaban que cerca del sitio de sus breves encuentros, justo nueve años atrás, se había configurado en secreto un artificio desconcertante. La Nueva España era centro de creación de entidades mecánicas regidas por el engrane. Máquinas para lo que fuese, como vomitadas de los bocetos de Leonardo. Artefactos para confección de objetos de cuero o para la trituración de granos. O para el hilado requerido en pequeñas factorías y los telares que competían con las manos artesanas y cuyos engranes colaboraban al movimiento veloz. (Otras más devenían en abortos de mecanismos abandonados bajo cobertizos o fundidos para aprovechar el metal en herraduras de caballo.) Aquélla, sin embargo, poseía ya forma. Se había liberado de la mente de su creador y tenía acceso al reino material. Era la máquina dada a luz entre un enjambre de locura, búsqueda y tormento interior. Un mecanismo capaz de algo que quizá nadie, en la América Septentrional, habría imaginado. Sólo requirió meses para que su hacedor desentrañase de las leyes universales las medidas de sus ruedas dentadas y rodillos, manivelas y otros ingenios apenas concebibles y que rondaban, justamente colocados, en la cercanía de cada montaje. No se parecía a nada de lo antes visto. Máquina-monstruo configurada, primeramente, en la marea de un cerebro relegado al descubrimiento entre sombra y luz. Construcción mental con reciente estructura y dimensión. Engendro elaborado a solas. Su diseño se inició en silencio y en el silencio se concluyó, sin que nada compartiese con ese molesto bullicio del lugar donde se le construyera, cercano al edificio naciente que pronto sería el Palacio de Minería.

DE TODOS LOS CRÍMENES QUE EN VIDA COMETIÓ POLICARPO DE Salazar y Hurtado, en sólo uno derramó sangre.

Empezaba a correr 1781, un año más del Señor para los prelados, y el asesino inició sus incursiones a la casa de De León con el fin exclusivo, aseguraba, de aleccionarse en cuestiones fundamentales de la matemática. El matemático lo recibía con entusiasmo, aun cuando el carácter del relojero seguía causándole recelo y perplejidad. Quien no se mostró conforme fue el sirviente. Siempre que pudo, con pretextos de índole diversa, le dificultó el acceso a De León y Gama y con ello a las cifras, de tal modo creó alrededor de sí una aureola de luz amarillo pálido que le exhibía como prospecto a las puertas del Hades.

Sabedor de que sus rumores en las calles aledañas a la de la Buena Muerte no consiguieron el efecto deseado, Hernán elaboró nuevas tretas para luchar contra su enemigo. Su miedo a las usanzas del hombre se había convertido en veneno (¡cuánto lo odiaba!): terminó comportándose con la altanería propia de los virreyes frente al pueblo.

Cierta mañana, el matemático buscó entre sus folios unos documentos y notas escritos por su propia mano. No aparecíeron. Sin éxito registró de cabo a rabo el estudio, la casa, hasta los rincones del patio. Increpó a Hernán para que los buscase también. Nada hallaron. Dando los objetos por perdidos, se sumió en el abatimiento. El no hallar sus notas, entre las que estaban sus observaciones a los textos de Galileo, o las referentes al asunto de la medición del tiempo, amén de sus investigaciones en álgebra para responder al problema de las raíces de los polinomios de cualquier grado, le condujo a un letargo deprimente que fue consumiendo su cuerpo y espíritu. El alma se oscurece contemplando incluso la espuma del mar: la del sabio se entristeció al ver los agudos arrecifes con los que chocaba en las aguas de lo incierto. Hernán tenía conciencia del estado anímico de De León y Gama y pensó que era lo mejor para la realización de sus propósitos. Sí, él mismo había ocultado los documentos fuera de ahí. Preparó un plan de chantaje que destruiría al relojero, exhibiéndole como vulgar ladrón. Abrigaba la esperanza de que ello fuese el pretexto ideal para que la Sala del Crimen registrase sus objetos diabólicos y se le enviase a la horca. Sólo requería ocultar los folios en un nuevo lugar, justo el taller del calculista. Así, alejaría para siempre al repentino estudiante del sabio. Actuaría luego de ponerse el sol.

La noche elegida para la estrategia, esperó impaciente las altas horas. Salió y dirigió sus pasos a cierta capilla sucia y olvidada, refugio de mendigos insomnes. Ahí, bajo una tarima de maderas vencidas, se hallaban los folios. Poco después caminó hacia la Calle de la Buena Muerte en la oscuridad suspendida que velaba el empedrado de la vía. Su silueta avanzaba como ánima triste, cual fantasma de regreso a su lugar húmedo en el nicho del olvido. Eligió la parte posterior del taller, cuidándose de ruidos delatores. Logró introducirse con sigilo por una ventana, al lado de la mesa donde yacían relojes en marcha. Sabía que De Salazar pernoctaba ahí, por tanto avanzó a tientas palpando los objetos. Escuchaba los pulsos violentos de su corazón. Sus manos temblaban. Un movimiento equivocado y todo se vendría abajo, el relojero abriría los ojos y luego nada tendría sentido: el acusado ante el tribunal podría ser él. Pasaron minutos de larga angustia, en la que Hernán Cuevas permaneció inmovilizado. ¿Debía acaso estar ahí?. No lo sabía ya con certeza, pero se encontraba a un paso de su objetivo, sólo bastaba ocultar los papeles en el taller e irse aprisa. Respiró y siguió moviéndose. Ante sus pies apareció por sorpresa un objeto imprevisto que le hizo tropezar, luego caer con todo su peso a la vez que los papeles se desprendían de sus manos. Se trataba del contenedor de las sanguijuelas que una vez le causara repulsión. El recipiente se derramó, las extremidades del viejo quedaron a merced de los asquerosos animales. Su cuerpo aturdido y derrumbado en el suelo (no supo durante cuánto tiempo), reaccionó sólo al sentir las ventosas de las alimañas, introducidas en su cuerpo por los pliegues de su ropa. ¡Estaban succionando su líquido de vida! Se retorció de dolor y horrorizado gimió. Tenía rota la pierna izquierda, así como los dedos de una mano. Pronto se escucharon pasos. La luz de una vela se fue definiendo e iluminó los contornos del cuarto, después los de un rostro cadavérico. Policarpo se acercó, los miembros y músculos vencidos del anciano fueron incapaces de responder. Algunas sanguijuelas sin suerte se retorcían en el suelo en irreversible agonía. El asesino las miró antes de recorrer la vista por los papeles desparramados, por último posó sus ojos en él. En ese instante el viejo supo que su antipatía, su odio por el calculista, habían sido correspondidos desde hacía mucho. Fue levantado por las manazas del relojero, quien le llevó a un rincón junto a la vela. De Salazar miró al techo como agradeciendo, a la vez que una furia contenida asomó a sus facciones. A continuación dirigió la vista al hombre desesperado y con la voz cavernosa pronunció: Esta noche te enseñaré a contar.

Con calma preparó los objetos necesarias para el suministro de la muerte.

Sujetó al anciano y le ató con fuerza los pies, el extremo de la soga empleada fue pasado por un soporte de madera del techo y Hernán Cuevas quedó colgando con la cabeza hacia abajo. Su enemigo recogió las sanguijuelas vivas, las colocó en la cubeta y acercó ésta justo debajo de quien colgaba. Con el cuchillo de cocina hizo una incisión en la sien del viejo. Había elegido una vena de la que inició un proceso de sangrado parsimonioso, una a una caían al cubo gotas gruesas de la vida. Eran fácilmente distinguibles y numerables. El sirviente miraba difuso e invertido el rostro de aquél que, con avidez, pronunciaba números mientras la consciencia del otro se fundía con un círculo trazado a espaldas del asesino. El criado murió con lentitud mientras escuchaba las cifras en progresión de su propia muerte.

Los parásitos de la cubeta se agitaron con avidez entre la sangre fresca. De Salazar y Hurtado estaba exhausto por la excitación. Revisó el contenido de los papeles tirados: entre ellos había ecuaciones de álgebra. Miró el cuerpo rígido. Pasó el resto de la noche concentrado en fraccionar el cuerpo inútil de manera tal que, entre el número de trozos y el de gotas de vida contadas, existiese una relación numérica. Metió con sumo cuidado las partes en un costal de ixtle. Muy de madrugada salió a Plaza Mayor y, entre vísceras putrefactas de cerdo y reses, arrojó los fragmentos de la víctima. Los perros más osados, es decir, los más hambrientos, mordisquearon con sus fauces desesperadas el costal. Al despuntar el alba, devoraron los restos triturados del anciano, ante un sol que emergía rojizo del horizonte: como la sangre.

POLICARPO HOJEABA POR LAS NOCHES LOS PAPELES DEL matemático.

Tenía en las manos un arcano indescifrable e hipnotizante. Los manuscritos antesala de su aprendizaje retorcido, conformando así el ingreso a nuevas pesadillas. Aprendió rudimentos del álgebra, mismos que consideró viles y a la vez retomó fascinado. Los sueños de la razón comenzaron a producir monstruos, visiones dislocadas ante la vela que iluminaba las hojas amarillentas. A solas, el asesino parecía insuflado de más vida, sus facciones se iluminaban mientras éste emitía chillidos entrecortados de placer y también de dolor. Cada afirmación del manuscrito hacía parpadear el calculista, uniendo como por descuido el mundo inicuo de las ideas con el de la materia. Mucho de lo que aconteció después, se debió a la mala concepción que, de lo abstracto, tuvo ese hombre sombrío. En su lectura a los papeles de De León halló una anotación que afirmaba: *Para el álgebra un número es algo común: el álgebra generaliza el número.* Después seguía un esbozo, a la manera de De León y Gama, de la teoría de las ecuaciones y las propiedades generalizadas de los números, ahora sustituidos por letras. Más adelante se explicaban las ecuaciones cuadráticas, antes de ahondar en las técnicas de Tartaglia y Cardano para las de orden tres. El texto era profuso en detalles: las hojas, al parecer, estaban ordenadas sistemáticamente para conformar un libro. Se analizaba la solución por raíces cuadradas para la ecuación de orden dos y un artificio árabe con el que se conseguía, también, la misma respuesta. *El álgebra simplifica con su soberanía las cosas de la vida, no se ocupa de los menesteres que la vuelven sombría*, decía el texto. De Salazar cerró los ojos con una mezcla de repulsión y devoción. El conglomerado de ecuaciones le confería sensaciones opuestas y contradictorias, sinsentidos que abrían resquicios y puertas en su mente y luego las azotaban con violencia. Una de esas puertas quedó abierta: ¿puede resolverse una ecuación, utilizando no álgebra, sino algún tipo de intuición numérica, un *álgebra de la mente* sin la necesidad de papel ni *letras*? Derrumbado por la fatiga de sus vanos intentos, permanecía sentado durante noches ante los papeles. Pronto su cabeza fue víctima de pulsos violentos en cuyos límites deliraba pensando y luego soñando. En una pared, junto al esqueleto del *Políptico de la Muerte*, pintó signos tras elegir al azar una ecuación llamativa en las notas de Antonio de León: $x^2 - 3^3x + 3^3 = 0$.

Así, el tiempo lo sumió en el infortunio. Poco a poco se perfiló la forma que tendría su ahogo. Transcurrido el tiempo calculaba con furia en su mente, a veces por días seguidos, para hallar sin el empleo de la aborrecible álgebra la solución de aquella igualdad. Nada obtenía. Estaba enfermando y padeciendo. En su frustración arrastraba miserias espirituales, pensamientos malévolos y penosos, todas sus vergüenzas. Permanecía con la vela encendida y miraba la *ecuación*, mientras las hojas del calendario se marchitaban y caían cíclicamente del árbol del tiempo. Pensaba junto a Catedral, en las plazas y las afueras de los leprosarios. La forma desconcertante y seca de la *ecuación*, el tiempo que pasaba impasible y esos números tormentosos e invisibles de días y de noches, marcaban su rostro. La gente de la ciudad tropezaba con él, los relojeros, los carboneros, mujeres que afilaban cuchillos y tijeras, los carreteros y los niños: era una sombra sin cuerpo que la proyectase. Todos lo evadían para continuar su camino.

De Salazar y Hurtado abandonó los relojes para siempre. Dentro de su habitación volvía a concentrarse, una y otra vez al lado de la vela. El tiempo se estaba consumiendo en esa llama que fulguraba y, pálida, ardía. El matemático preguntó por él sin éxito.

Aunque en las notas matemáticas del sabio se acotaba la infinitud de ecuaciones como aquélla, él siguió concentrado sólo en ésa. Arriesgaba mares de números, cascadas de cifras y cifras en el desempeño diario al que sometía la cabeza a punto de estallar. En ese período sintió cientos de vértigos que le orillaron en precipicios sin forma, ahí donde se arrojan cabezas incapaces ya de producir ideas, como nueces vanas que al golpearse delatan su oquedad y ruedan cuesta abajo antes de ser aplastadas. En vano el sondeo a ciegas tratando de palpar en el vacío, un vacío pegajoso, su *álgebra de la mente*. Reconoció al mirarlo el rostro de la neblina: primero ante el círculo, ahora frente a la cuadratura de la ecuación. Haber ido en pos de ilusiones sin fondo, sin reflejo siquiera, lo dejaba decepcionado. Se dijo: El mundo es un espejismo atroz (en su desolación pronunciaba por primera vez la palabra atroz). Se le observó solitario en los puentes, ante todo de noche. *Contaba objetos*, decían los vecinos de la Calle de la Buena Muerte. ¡Era tan terrible la nada! El rostro de Policarpo había cambiado, su piel tenía el aspecto de la madera reseca y rajada por el tiempo. Hacía años que el viejo Hernán había muerto, y con toda seguridad los perros que se tragaron sus restos, pero la venganza del sirviente se había consumado desde el fondo del Hades. La destrucción fue peor que la planeada por el criado y ocupaba ya su sitio en el trono de la fatalidad. Al final de la fascinación, tras sus esfuerzos de titán de la mente, escaparon los años y sólo halló números difusos, tristes, incompletos.

Urgía llenar ese vacío con la presencia de sí mismo y, como hijo pródigo, volver a sus números elementales. El número se toma de la realidad, pensó en su habitación, y no de los espectros. Debo salir a las calles por ellos, terminó diciendo en voz alta. Era momento de sentirse de nuevo él y recomenzar su obra. Existe un gozo incomunicable al enumerar los signos de una vida que palpita entre los dedos mientras se va desvaneciendo.

LA GENTE TEME A LA OSCURIDAD, TAMBIÉN A LA LUZ. A FINES de 1789, apareció por las noches una luz desconcertante en las alturas. Su fosforescencia abarcaba la totalidad de la bóveda celeste, aterrando a los habitantes de la ciudad de México. Nadie podía explicarse de dónde procedía el fulgor que evocaba a los espectros. Robaba el brillo a las estrellas. Negaba la luna. La luz fantasmagórica permanecía suspendida en la altura, como líquido luminoso regado por el cielo llevándose el aliento de las almas. En esas noches de terror el brillo helaba los huesos, detenía el corazón de muchos como la acción de un soplo desde la lejanía sideral, el anuncio del fin, la mirada de Dios que despierta de un gran sueño y está a punto de ver el pecado de las almas: ojos que todo lo contemplan, hasta lo más profundo, para luego enjuiciar con la ira de los siglos.

Muy pocos salían de sus casas. Gemían las viejas tras olvidar el contenido de los rezos. Los niños eran envueltos en su totalidad con mantas o prendas de lana, mientras sus padres imploraban por el regreso de la sombra. Sollozando arrepentidos, los hombres se despojaban de sus vicios como si fuesen prendas sucias, las cuales quedaban en el suelo. Las mujeres abandonaron los chismes y vigilaron sus lenguas mientras apretaban con suspenso el escapulario. Dejaban de copular con sus maridos o de ponerse la mano en la entrepierna cuando estaban a solas. Las damas de la nobleza, mujeres de varones criollos y avaros, perdieron sus grasas al olvidar la gula, luego de abandonar con susto los dulces y el apreciado *chocolatl*. No faltó quien esparció cenizas en sus lechos y se hincó sobre granos de arroz que herían sus rodillas entre rezos vehementes. Otros más daban caridad y se vestían de pobres, castigando también su cuerpo. Todo mundo empezó a verse envuelto en un aura de santidad: su beatitud hedía, porque sin disimulo era el signo de una manifestación hipócrita, surgida de la ansiedad por una redención que se presentía lejana y sin embargo se anhelaba, como desearía el sediento beber vino agrio o agua del mar, o sangre, lo que fuese con tal de subsistir. Así las almas agitaban los brazos con la intención de no hundirse en sus naufragios y su miseria. De algunos lugares surgieron *profetas*. Gente desamparada se dirigía aprisa al Santuario de Guadalupe, los demás templos y capillas se llenaban también y en sus adentros se escucharon himnos entonados con fervor. Cada sacerdote era encarnación de la esperanza: los religiosos eran abrazados con desespero entre mares de veladoras cuyas llamas oscilaban a causa de un vientecillo helado y triste, infiltrado por las grietas en los techos de los templos. En esas noches luminiscentes, las palomas de los templos se posaban en las cercanías y emitían zureos, volaban sobre las azoteas próximas ofreciendo un espectáculo siniestro: no anuncio de paz sino la advertencia de que devorarían los cuerpos de los caídos en juicio, como las aves de carroña que en realidad son. Los mendigos señalaban el cielo con sus extremidades monstruosas y deformes, al tiempo que maldecían y miraban despectivos. Arácnidos y alimañas salían inquietos de grietas y cuarteaduras de las paredes. Se contemplaron alacranes juntando en pares sus pinzas: realizaban una danza macabra bajo ese reguero de luz, desborde de la Vía Láctea y de los astros.

Aquel impredecible evento de los cielos afectó por igual a las mentes supersticiosas como a las cultas. Fueron pocos los individuos que se mantuvieron en pie y buscaron en el método de la ciencia las causas del incidente, sin poner de por medio sus propios temores. Uno de ellos fue el mismo De León y Gama, quien elaboró su propia teoría sobre el fenómeno, una disertación basada en la teoría del éter, el cual era, a su juicio, influido por la luna: *La luna es el agente que pone en movimiento y agita el éter.* Se ignoraba si el fenómeno de la aurora boreal ocurría en la atmósfera o por arriba de ella. De León y Gama aseguró que la aurora acontecía por encima de las capas atmosféricas. Luego surgió otra teoría propuesta por el físico meteorólogo J. Francisco Dimas Rangel: éste aseguró que cierto agente eléctrico inflamaba la materia atmosférica. Con el tiempo se sabría que el más acertado era Dimas Rangel. Mientras tanto, el pueblo sin formación alguna clamaba despavorido y temeroso bajo aquel 'incendio del horizonte'.

Justo por esos días en las calles, en las plazuelas y bajo los puentes, empezaron a hallarse cadáveres con el rostro lívido. En las facciones petrificadas de los cuerpos se distinguía el terror, pero no estaban muertos de miedo: habían sido estrangulados. Las evidencias de angustia persistían en las lenguas contraídas y retorcidas, o en los ojos fuera de órbita de aquellos retirados de la vida con arrebato. El miedo que inspiraban se debía, en parte, a que parecían continuar mirando la causa de su muerte.

DON FERNANDO MANGINO FUE INFORMADO DE LOS HECHOS POR la policía del virrey. Hasta entonces la administración a su cargo (por instrucciones del mismo De Angulo y Bodoquín, caballero de la Orden de Calatrava) había hecho manifiesto que podría seguir siendo, por mucho tiempo, la mano derecha del virrey y legitimar su popularidad como gobernante. Ahora, algo espantoso estaba ocurriendo en las calles.

En la Calle de la Leña se encontró a un hombre con la garganta atrofiada y la manzana de Adán hundida. La gente había clamado aterrada: el muerto, con la boca abierta, daba la impresión de implorar con un gesto de angustia por el aire que no aspiraría nunca más. Su vista estaba congelada en el acto de mirar la muerte y en los labios tenía el maquillaje violeta intenso de la sangre confinada, además de hallarse terriblemente contraídos los dedos del cadáver, todo él. A los dos días, en la Calle de las Vizcaínas, se halló a una anciana. Por igual, el signo de la asfixia levitaba sobre su rostro. Los ojos inyectados en sangre parecían salidos de su órbita. Se había ahorcado a la mujer varias horas antes y su pequeño cuerpo, encogido, mostraba la rigidez de quienes ni siquiera muertos descansarán. La policía anotó en el informe para don Fernando Manguino que la vieja tenía espuma en la boca, hizo hincapié en el hecho de que de su endeble cuello, amoratado y descubierto, colgaba una pequeña imagen de Guadalupe con las manos empalmadas y su rostro de paz, de tibieza, tan distinto al desfigurado de la pobre difunta.

Brumas espesas suplieron a la luz del cielo que tanto clamor había causado en los días anteriores. El espanto permaneció por la ciudad con otro rostro. Un esqueleto entonaba canciones fúnebres en las callejuelas y puentes, era momento de rogar por no ser uno de esos cuerpos sin aliento aparecidos por todas partes. Las sombras, las luces, los murmullos de la ciudad, el ajetreo: todos los sonidos se habían vuelto estrofas de la melodía que canta la muerte para los hombres mientras hila, con las manos huesudas y frías, la rueca del devenir.

No tardaron en aparecer más cuerpos. Una mujer joven. Luego dos hombres. Quien mataba lo hacía con una violencia sorprendentemente medida, conjugando la sangre fría y el temple del asesino respirando en la oscuridad. No tardó en haber más muertes por las inmediaciones. El suspenso del pueblo. Los cuerpos se descubrían en capillas, mordisqueados por los perros en tiraderos de basura, algunas veces en las fuentes.

Una vez sumergidos en la niebla, se acentúa el aspecto de ausencia de los muertos. Pero los rígidos cadáveres que se retiraban de las aceras semejaban estatuas vivas, torturadas, que de un momento a otro lanzarían el grito atorado en sus gargantas. Fernando Manguino se persignó en secreto al pensar en esos alaridos contenidos, cuyo eco habría inundado la ciudad. Por vez primera el pueblo oyó el cántico de los seres descarnados que conservan los ojos demasiado abiertos para jamás cerrarlos. De Angulo y Bodoquín, el virrey caballero, ordenó pesquisas y búsquedas sin resultado alguno, ante lo cual montaba en cólera contra sus hombres. Era un hombre despiadado, experto en el desprecio, especialmente hacia los indios. Con la arrogancia del que dispone de cuestiones militares, vociferaba y describía en público castigos crueles, con la esperanza de causar temor al criminal. El Tribunal del Santo Oficio pronunció por su parte sentencia: en sus dictados mencionaba el potro e instrumentos diversos de tortura que reposaban silenciosos en sótanos y calabozos húmedos.

Prosiguieron los impulsos del homicida. En ocasiones cesaban un mes o poco más. Luego volvían como olas inevitables. Las víctimas amanecían bajo el Puente de Jesús, el Puente de la Misericordia, el de Juan el Carbonero, el del Obispo y otros sin nombre. A veces se sacaban de las acequias que atravesaban esos puentes. Del de Jesús, se retiró un niño frágil, el cual en su infortunio conoció el mismo tipo de muerte. Encolerizado, don Fernando Manguino leyó el reporte. El pequeño tenía una cuerda anudada con tal fuerza en el cuello que, ni la destreza del médico encargado de cortarla, impidió rebanar la garganta tierna, de la cual brotó con lentitud sangre oscura.

Presa de la impotencia, Mangino, ofreció recompensas consistentes en joyas a quien diera pistas útiles para prender al asesino. Por igual, se prometieron grados de nobleza al pueblo sucio e ignorante para hacerlo partícipe en persecuciones. Se prohibió, so pena de muerte, la difusión por medios impresos de los crímenes impíos: no sólo exponían a la crítica y al escepticismo la administración del virrey, sino su autoridad en toda la Nueva España. Era lo que menos necesitaba el máximo jerarca: que los dedos de un matón vulgar, en palabras del propio De Angulo y Bodoquín, pusiesen en riesgo su continuidad en el poder. El pánico de la nobleza creció al hallarse sin vida, en las cercanías al inmueble virreinal, el cuerpo de cierto noble, un tal barón De Santillana y Cosme, a quien se amordazó con firmeza extrema: tenía la boca llena de trapos y papel: en tal ocasión el asesino decidió no estrujar el cuello: con sólo dos dedos apretó las fosas nasales y asfixió al infortunado barón De Santillana. Para fortuna del virrey, el escándalo que habría causado tal muerte fue acallado por la noticia del repentino deceso de Carlos III, el rey de España. El caballero de la Orden de Calatrava exigió al pueblo un luto por su muerte y se amenazó con severas multas a quien no obedeciera. El pueblo no olvidó la preocupación por futuros crímenes.

En días como ése, la horca de la Inquisición, aquella soga pendiente sobre el cadalso en su poste de madera, era apenas un símbolo irrisorio y absurdo.

EN LA CALLE LADRABAN ALGUNOS PERROS Y A LO LEJOS SE OÍA el campanario de la Catedral indicando las once de la noche.

El almacén estaba sumergido en un silencio pacífico, interrumpido apenas por el tintineo de las monedas doradas que doña Gertrudis contaba con ahínco. Gracias a Dios, las ganancias del día superaban a las del anterior. La idea de dedicarse al manejo de granos había resultado grandiosa, mucho más porque condujo con intuición los asuntos del negocio hasta enriquecerse. Los granos se compraban a precios irrisorios y se vendían con un margen de ganancia del triple de su costo. Una vez que la empresa marchó exitosamente, doña

Gertrudis echó a su marido anodino, de escasa ambición, para administrar el negocio sola. Cada grano era pesado y sopesado, no se soltaba nunca una moneda de más. Llegaban maíz, frijol, cebada, cacahuate y amaranto, pero recibía también condimentos como el ajonjolí, el orégano y el clavo que le eran llevados a lomo de mula y otras veces en los hombros de indios sudorosos. La gente de las clases más bajas era la primera en recibir el peor trato de la bruja, quien remuneraba los granos a su antojo (si llegaba a hacerlo), pues tenía el hábito de pagarles pocas veces: para ello se valía de chantajes a los infortunados asegurando, siempre en público, que eran delincuentes que le habían robado. Acostumbraba tener a la mano un *testigo* de modo que la gente, en su condición humilde y asustadiza, se iba con las manos vacías mientras escuchaba a su espalda las carcajadas de la gruesa mujer. Así, las arcas de granos rebosaban como el mar para proveer las afueras de la ciudad. Lo demás se quedaba ahí para surtir a los nobles y pudientes.

Impregnadas de sudor, las monedas pasaban por sus manos desconfiadas una y otra vez. Anotaba doña Gertrudis cifras en un papel raído. La resonancia del oro en una noche a solas es la mejor música para el oído del avaro. La mujer bostezó satisfecha. Contaba con granos y dinero. Con esa fortuna bien podría procurarse con facilidad la compañía de un hombre que reviviera sus pasiones. Le agradaban jóvenes y robustos. Por lo demás, si el mundo se acababa pronto, que se preocuparan los otros: gente de escasa voluntad e imaginación que nada valía. Con la mirada cálida, echó un último vistazo a sus preciados escudos. Bostezó de nuevo. Había en derredor un letargo dulce y envolvente, propicio para no percatarse de que desde la penumbra surgía una figura humana, con el rostro cubierto. No hubo tiempo de reacción. Un cuchillo le rebanó el cuello del que salieron chorros abundantes de líquido que no volvería nunca. La mujer agitó sus brazos robustos, intentó gritar pero sólo consiguió emitir gemidos vagos, apagados. Aún tuvo tiempo para dudar de la realidad de todo ello: recordó al ser tan temido en las calles, pero aquél estrangulaba y a ella le habían degollado. Su esfuerzo por ver el rostro de la silueta resultó por completo inútil. Lo demás fue perdiendo su forma, la vida se le iba con demasiada prisa. Sucumbió ante su propio peso. La lámpara de aceite cayó a su lado estrellándose, mientras ella balbucía y se ahogaba en su propia sangre. Luego, el resto del mundo se convirtió en olvido y oscuridad. En total silencio, el hombre sin rostro salió después de consumado el acto a otra oscuridad: la de una noche sin estrellas.

NO POCAS VECES LA MALDAD SE NUTRE DE LA NIEBLA DE LAS leyendas.

Siglo y medio antes de estos crímenes, a mediados de 1612, pisó las tierras de la Nueva España un caballero español, originario de Burgos, conocido como don Juan Manuel de Solórzano. Llegó con la comitiva de Diego Fernández de Córdoba, el marqués de Guadalcázar. Además de poseer numerosos bienes, el caballero sabía relacionarse con los altos círculos de la nobleza, dominaba muchos temas y tenía el don de la palabra como pocos. Desde su llegada se le profesó respeto a causa del aplomo con que emprendía negocios y, años más tarde, al hallarse al frente del poder Lope Díaz de Armendáriz, éste le colmó de homenajes y favores, hecho que envidiaron enemigos y allegados. Pasado el tiempo, el hombre conoció a doña Mariana de Laguna, bella y virtuosa mujer. Halagado por sus miradas prometedoras, decidió proponerle matrimonio para concretar su ideal de felicidad y dicha. Estableció su vivienda muy cerca de donde Lope Díaz. La amistad se convirtió en hermanazgo y el virrey ofreció a don Juan la administración de los ramos de la Real Hacienda, un puesto importante administrado por la Audiencia a la que no agradó la decisión del jerarca. Se armaron conspiraciones y la Audiencia amenazó con levantamientos populares, a la vez que se circularon rumores embarazosos en torno a la persona de Lope Díaz.

En 1640, la sublevación de Cataluña distrajo la atención de Felipe IV en la administración de su virrey en el territorio mexicano. Las autoridades de la ciudad de México, que se habían considerado agraviadas por las acciones virreinales, vieron la oportunidad de vengarse de Lope Díaz de Armendáriz y, al mismo tiempo, del odiado caballero. Al último dejó de vérsele. Aquí, la historia empieza a mezclarse con el mito. La leyenda conforma e integra en un todo las palabras con los rumores. Entre los ofendidos por la dicha del caballero estaba uno que ahora fungía como Alcalde del Crimen: Francisco Vélez de Pereira. Aprovechando el distractor alzamiento catalán, Vélez de Pereira mandó a prender de inmediato a don Juan, al que se condujo a una celda oscura y maloliente. Ahí comenzaba el infierno. La monotonía acompañó por días los sonidos de las ratas husmeando en los rincones de la celda en busca del pan que se le daba al preso. El caballero trataba de asimilar los hechos y comprender su circunstancia, pues se mantenía al tanto de lo ocurrido más allá de los límites de los barrotes. Cierta noche, su informante de mayor confianza le llevó una noticia que le estrujó y le azotó: doña Mariana de Laguna, su mujer, mantenía relaciones con el Alcalde, el mismo que le había acorralado y confinado en la tiniebla. Cegado por los celos, el agraviado perdió la razón, se adueñó de éste la frustración y una cólera terrible. Se dice que bramaba de dolor y se retorcía en la dureza de su catre. Juró venganza. En su desesperación, recurrió a un amigo acaudalado e influyente, don Prudencio Armendia, quien consiguió sacarlo de prisión. Don Juan Manuel de Solórzano se dirigió de inmediato donde la mujer infiel. La casualidad dispuso los medios para que la hallara en brazos del enemigo. Arrasado por la cólera, arremetió contra el Alcalde y le mató con lujo de violencia enfrente de su aterrada esposa, cuyos gritos se oyeron en toda la cuadra.

Al desconocerse por completo la verdad de un hecho, surgen palabras nuevas, gobernadas por leyes que intentan reconstruir, hurgar en lo que no se vio y penetrar en el fondo mismo de los sucesos. Así es como existe otra versión de lo ocurrido. Se menciona que el caballero, a pesar de sus riquezas y posición social, guardaba una pena profunda en sus adentros, pues su bella mujer no le había dado descendencia. ¡Cuán desgraciado se consideraba! Se procuró consuelo en prácticas religiosas, pasaba días en las iglesias tratando de ver la luz áurea de Dios bajo las cúpulas. Sintió el llamado de los hábitos al grado de pretender la separación de su esposa y pensar en consagrarse a la orden de San Francisco. Por ello dejó de vérsele. En esta presentación de los hechos no se menciona a Francisco Vélez, el Alcalde del Crimen, aunque sí se hace referencia a un amante de la mujer. De Solórzano se enteró de su existencia. Ni el amor a Dios ni los preceptos franciscanos impidieron que en el corazón del hombre anidarse la serpiente de los celos. Terminó arrojando los hábitos al suelo, se recluyó lejos de su esfera social y, a solas en su habitación, empezó a pudrirse de odio. Desconocía la identidad del amante, pero se propuso matarlo. Presa de su delirio, dirigiendo sus plegarias a los demonios. Cierta noche escuchó una voz que le hablaba, no importaba de dónde viniera. El hablante dijo que aceptaría su alma a cambio de la información solicitada. Le dio su primera orden: esa misma noche debía salir a las once y matar, en la oscuridad, al primer individuo que se atravesase en su camino. El caballero obedeció. Sonrió satisfecho hasta volver a escuchar la voz cavernosa. El muerto no es el culpable, oyó, debes salir otras noches a matar y continuar así hasta que vuelva a manifestarme junto al cadáver del verdadero culpable. A partir de entonces, envuelto en una capa oscura y después de pronunciar blasfemias, el caballero esperaba a sus víctimas. Al acercarse un transeúnte, se dirigía a éste preguntando: Perdone usarcé, ¿qué horas son? Le respondían la hora. De entre la ropa el otro sacaba un afilado puñal, cuyo brillo hacía levantar las manos al desdichado, y después de pronunciar ¡*dichoso usarcé, que sabe la hora en que muere!*, se abalanzaba como soplo sobre la víctima y le acuchillaba.

Los amaneceres sorprendían a la ciudad petrificada. De la calle, la ronda matutina recogía cadáveres sin que nadie pudiese explicar el porqué de aquellos crímenes espantosos. El alma sedienta del caballero no se sació hasta virar los acontecimientos de tal forma que se volvieron contra él y una mañana, anodadado, supo que entre los acuchillados se hallaba un sobrino suyo a quien tanto quería. Sollozó de arrepentimiento. Volvió a escuchar voces llamándolo. Pronto comenzó a ver visiones horribles que una noche no soportó más y le hicieron dirigirse donde la plaza a su fatal destino (planeado de seguro por al Diablo). Al día siguiente se le halló colgado de una soga, con el rostro descompuesto.

OCULTO, INSPIRADO POR LA OLA DE CRÍMENES QUE DESDE HACÍA tiempo asfixiaba a la ciudad de México (más ahorcados aparecían), un chacal, un lobo flaco y sucio, comenzó su propia cadena de asesinatos que se sumó sorpresivamente a la primera: no satisfecho al ver la muerte que *otro* causaba, sintió el impulso ególatra de actuar él también y ser temido. Mataba con el estilo del caballero de hacía un siglo, don Juan Manuel de Solórzano. En la complicidad de la sombra, el individuo se agazapaba en rincones insospechados y esperaba. Aquéllos conducidos por accidente a él resultaban acuchillados. Como hiciera el sujeto de la leyenda, antes de sorprenderlos con el hierro les preguntaba la hora. Luego les hundía el filo numerosas veces, o los degollaba. El asesino gozaba derramando sangre, a sabiendas de que desconcertaba a la guardia del virrey y al pueblo. Las calles fueron testigos de sus evasiones pero, mudas, se guardaban el secreto de aquellos itinerarios nocturnos. Ocasionalmente el hombre se introducía a las casas y ahí mataba. La ciudad se tiñó de rojo.

Apareció el coágulo. Horrores y confusión se mezclaban y la policía recorría las calles buscando cuerpos. No aparecían pistas ni signos de luz para guiar sus pesquisas: sólo cadáveres. Los miembros de la corte discutían, alegaban que el asesino había cambiado sus movimientos y no sólo ahorcaba sino también acuchillaba. O bien, había *otro*. Un sacerdote observó en las misas dominicales que la moral y limpieza del alma habían desaparecido.

Se manifestó como estruendo la impiedad. Debió implantarse el toque de queda como emergencia. Con gran desespero, las madres hacían entrar a sus hijos a las casas cuando aún brillaba el sol. La sangre llamaba a la sangre, el pueblo era apuñalado, degollado, cuando no estrangulado o aterrado (el terror es una muerte lenta). Un espectro recorría las avenidas, las inundaba en un tibio y abundante baño de sangre. Era el mes de octubre.

A SOLAS, EN SU HABITACIÓN, IGNORABA EL MUNDO Y LOS ORBES del exterior. Sólo trazaba sus números: De Salazar y Hurtado.

Los meses habían pasado, seguidos de los años. Sereno, Policarpo contemplaba las cifras colectadas durante tanto tiempo en las avenidas. Todas sin excepción eran bellas: números del último alimento de la vida. En las calles la gente seguía gimiendo, la prensa guardaba silencio y por altas órdenes se fingía ceguera en la corte. Individuos sospechosos de los crímenes eran recluidos en calabozos y amputadas sus manos con una sierra, pero los estrangulamientos continuaban al igual que la sangre derramada por obra del temido cuchillo. La obra del otro criminal tenía sin cuidado a Policarpo, cada quien seguía su particular camino y caminaba en la orilla de su propio abismo. En el fondo, sin embargo, le molestaba: las guardias habían aumentado desde entonces y él debía tomar más precauciones. En las plazas, los comerciantes se enredaban en polémicas respecto a los asesinos comparándolos entre sí y hasta los más pequeños opinaban sobre quién era el más impío y despiadado. Dos oscuridades sin rostro ocupaban la boca del vulgo.

Policarpo se había aislado del mundo por otra razón: tres meses atrás, sus acercamientos a las leproserías en busca de víctimas potenciales, le habían llevado al contagio de la afección tan temida por la gente. Cuando salía debía cubrirse el rostro y se arropaba con prendas amplias de mujer. Con trozos de cuero se construyó unos guantes toscos para cubrir las pústulas blancuzcas de sus manos. Los vecinos y gente que le miraban salir pensaban en la *parienta* del relojero. Ya no le prestaban atención: hacía tanto que esa sombra se había mezclado con las siluetas del olvido. En su banquillo repasaba las muertes infligidas. Su manera de actuar era bien definida. Salía en las madrugadas cuando los guardias cabeceaban después de la ronda. Nadie pensó que matara cuando el sol naciente teñía de franjas claras la oscuridad. Si era posible, lo hacía por las noches o en el día, en el interior de alguna capilla aislada donde rezaban penitentes solitarios. En su delirio, apretó cierta ocasión el cuello de una imagen de Santa Teresa. Imaginó el rostro retorcido y contorsionado de la beata. Las huellas sucias de sus manos quedaron marcadas en el cuello helado de la mártir. Importantes eran los resuellos, o el número de éstos y el placer en sí mismo de escucharlos silenciosamente. Cuando así ocurría (y las tenazas de sus manos actuaban), agitaba la cabeza a los lados, el velo se le deslizaba y las víctimas podían ver lo horripilante de su rostro. De Salazar ignoraba que el otro criminal escondía también su rostro, pero mientras a aquél no le contemplaban la cara en el momento de morir, a él sí. Algunas veces, los policías llegaron a ver a Policarpo al despuntar el alba, imaginando por su vestimenta femenina, las enormes naguas y un rebozo a una buena mujer a quien más de una vez le pidieron cuidarse.

Las autoridades prometían la pronta captura de los criminales. Tarde o temprano los tenebrosos caen, aseguraban, como ladrones sorprendidos en la noche, y ya era tiempo de que aquéllos lo hicieran. A la tormenta seguían instantes de calma. Una tranquilidad igual de ominosa en la que se urdía y *experimentaba* con sus cifras de muerte acumuladas con los años en hojas de papel de trapo. Si alguien hubiese visto a Policarpo, habría pensado en un mensajero del inframundo manipulando los números de los enjuiciados en el Día Final. Aquellas cifras emitían sus bullicios lastimeros a la vez que, entre las sombras deformes de la vela, inundaban de sofoco el cuarto del relojero. Ahí se agitaba un mar de confusión y lodo, la insania involuntaria o quizá voluntaria de la mente, tal vez la de una época que guardaba para sí misma su frustración enorme. Era De Salazar y Hurtado un ser dormido emitiendo suspiros desde su sueño sin forma, a la orilla de la sima terrenal. Habitaba en el olvido de los hombres y los elementos, sin integridad ante la noche, condenado a la fatalidad e inmovilizado con enormes cadenas construidas por otras manos. Había caos en su mente, números sin dialéctica, engaño de formas y de una geometría en la que sus pies no encontraron suelo. Había por otro lado relojes en su vaivén pendular eterno, el péndulo que lo mismo es el columpio del infante que el columpio del ahorcado. En el todo agitado por la casualidad buscaba la unión de las partes. Del número quería su conjunción. Las formas con el número, el mundo con el número y el tiempo y la vida, mas resultaba mejor la muerte y el número como sólo elemento de unificación. El número era frío como él y sin embargo decía tanto cada vez. Su preferencia por lo desproporcionado lo volvía íntegro y de manera inextricable era capaz de hacerle vislumbrar la belleza negada por la realidad. Por ello el *Políptico de la Muerte* en la pared. En sus adentros se albergaba un artista mutilado. Quizá la forma habría sido su meta suprema, o el mundo simbólico y abstracto presentido en la *ecuación*. En cambio, el número seguía perteneciéndole. Las cifras frente a sí eran suyas y también los alientos últimos de asfixia que resonaban en las cavidades de su cráneo.

Su habilidad de calculista le permitió establecer relaciones numéricas complejas e intrincadas entre las cifras de horror. Habría llenado libros con esas conexiones, muchas de ellas sorprendentes como la escrita años atrás ante los ojos De León y Gama, el matemático. Así fue como sus sueños, ya medidos por el reloj en reversa, ya amenazados por el movimiento interior de los engranes de otro mecanismo (máquina misteriosa y manipuladora de cifras), iniciaron el vuelo hacia la perdición.

UNA VEZ TERMINADA, LA MÁQUINA PERMANECIÓ DOS MESES EN PODer de su hacedor, quien aún se asombraba de que funcionara. Aquello había ocurrido en 1772, mientras Policarpo de Salazar vagaba por poblados perdidos de Puebla, entre estafadores o pordioseros, sin planear aún su regreso a Ciudad de México. El inventor, quien jamás habría imaginado a alguien que calculara con la habilidad de Policarpo, sintió el ansia de ser inmortal. Para salir del anonimato, que es oscuridad y silencio, dio a conocer su obra ese mismo año, ante un grupo de fantasmas con aura de sapiencia. Su máquina manipulaba números. Toda la angustia y éxtasis, toda una apología, los espasmos de amor por una ciencia, parecían brillar esplendorosamente y perfilarse en los engranes de las ruedas giratorias. Cada rodillo giraba también con precisión, comunicando a los otros su impulso en forma de guarismos. La *Rueda Calculatoria* fue presentada por su creador en los términos siguientes:

Contemplando que la Matemática tiene en todos sus tratados muchas y primorosas demostraciones manuales, con que certifica la verdad de sus reglas, y mirando a la aritmética destituída de un instrumento manual que sirva de testimonio a su doctrina, cuando, como madre suministra la leche de los primeros rudimentos para el ingreso a aquella prodigiosa Ciencia, he dispuesto esta *Rueda Calculatoria* en la cual no sólo se absuelve la demanda de cualquier cuenta con la mayor naturalidad, sino que hace visible el fundamento y raíz del número, que es el punto.

El aparato sumaba, restaba, multiplicaba y dividía, además de operar con quebrados. Su diseño le permitía obtener guarismos del orden de los cien millones. Los cronistas registraron el hecho y de éste se halla testimonio en la Biblioteca Nacional de Madrid, en la signatura 18744:

Explicación de un instrumento aritmético inventado en Méjico, año de 1772, al cual se le puede dar el nombre de...

La *Rueda* fue cuestionada por miembros del Santo Oficio. Hubo posturas teológicas encontradas en las que se discutió, a puerta cerrada, acerca del móvil dentro del mecanismo: ánimas del purgatorio atormentadas, obligadas misteriosamente por el artefacto a operar las cifras, por el Diablo mismo, o algún espíritu pagano de la cabalística hebrea. ¿Podía la máquina avergonzar al hombre, sustituirlo en las tareas de la mente, esa que le diera la Providencia? Los jesuitas, por el contrario, mostraban optimismo al señalar que Roger Bacon había soñado con artefactos parecidos a ése para el beneficio del hombre: máquinas llenas de prodigio capaces de elevar al humano a reinos insospechados, y no debía ignorarse que Bacon también era un devoto dedicado al Señor...

Mientras tanto, Pascal y su invención, una máquina semejante a la *Rueda* pero anterior a ella en décadas (aunque sólo sumaba), dormían olvidados en la vieja Europa. La *Rueda* fue confiscada discretamente por el clero. Quienes supieron de su existencia recibieron amenazas, incluido el inventor. Se confinó el artefacto en un sótano de la Inquisición, al lado de instrumentos diversos de tortura. Hubo fieles que asomaron sigilosos la cabeza al interior del sótano y contemplaron la máquina aterrados, pues pensaron en los tormentos que el mecanismo debía infligir. Después se tuvo a la invención en otros sitios, hasta que se decidió embarcarla a España, donde se dispondría su destino. El barco encargado del transporte había navegado los siete mares, era una nave vieja y desvencijada como el mundo al que se le enviaba. Los rudos marineros colocaron la *Rueda* en un rincón del vientre de madera del barco, entre barriles con aceites, provisiones de cuerda y mantas. La embarcación llegó al muelle de Cádiz, donde la tripulación bebió vino y se embriagó al mirar su patria. Los hombres olvidaron descargar la *Rueda*. Se envió la nave a las Canarias a otra expedición comercial. Viajó por el África, por Marruecos y Tánger. Bordeó parte del Asia. El capitán del barco decidió aventurarse a las Filipinas y por su propio riesgo hasta el Japón, en un intrépido intento de negociar con los nipones que mantenían a su isla en un aislamiento total del mundo: el *sakoku*, implantado desde 1639 por el shogunato Tokugawa. La nave fue rechazada y la tripulación ensordecida por estruendos de pólvora nipona. El capitán emprendió el penoso retorno y la nave viajó por la inmensidad acuática hasta llegar a las Antillas, navegó las aguas del Caribe en varias expediciones comerciales para dirigirse después con la proa hacia el norte, donde finalmente encalló en la costas de Yucatán, con sus maderas vencidas, derruidas por las sales marinas y el tiempo. El capitán, encorvado ya, redescubrió el artefacto en la parte baja de la embarcación. Lo dejó en manos de los franciscanos de la zona, quienes, imposibilitados e ignorantes de lo que se les entregaba lo enviaron a la ciudad de México. La máquina regresó a su lugar de nacimiento un 28 de septiembre 1794, después de haber dormido en los océanos por 22 años. Quienes la habían condenado, esos viejos religiosos con olfato de zorra, estaban muertos ya. La ciudad era también otra.

Nadie sabía cómo funcionaba el artefacto, su presencia allí era un sinónimo de extrañeza. De la Universidad Pontificia se llevó a las salas del Virrey ingresado recientemente al trono: Miguel de la Grúa Talamanca y Branciforte. En la sala real se reunieron ingenieros, matemáticos y demás pensadores convocados por el mismo poderoso, quien ansiaba saber las novedades de la máquina. Sí, que anduviera o se lograse al menos entender el propósito de los números en sus ruedas dentadas: tal vez fuese un *kalendario mecánico* útil para tenerlo en la sala de audiencias. Nadie pudo conseguir que funcionara.

Cierta mañana, tocó a las puertas del virrey un anciano pequeño e insignificante. Aseguró ser el inventor. Los guardias se burlaron del hombre quien, sin embargo, pidió ser conducido ante la máquina. Branciforte se sorprendió al verlo manipular con destreza el artefacto, luego de pulirlo y de haber reparado un montaje roto a causa de la encalladura en la costa. Todos se maravillaron y aplaudieron, como en un espectáculo de circo. El viejo pedía cifras al azar y operaba con ellas. Otros hacían los cálculos a mano y verificaban los resultados, algunos de los cuales requerían horas para obtenerse. ¡Esa máquina los hacía en segundos! La sala virreinal se abrió durante una semana a los curiosos para que admirasen el invento y apreciaran la generosidad del virrey. Envuelto en una vestimenta que le hizo pasar desapercibido ante quienes miraban a la *Rueda*, con el rostro oculto por un rebozo a la manera de las criadas y útil para esconder su mueca de angustia, estaba Policarpo de Salazar y Hurtado.

ALGO SE HABÍA ESTREMECIDO EN SU INTERIOR. ESTABA INQUIETO Y paralizado frente a la visión de su rostro descompuesto que le devolvía el espejo, un hórrido reflejo que atravesaba el espacio para regresar hasta él, rechazado por el vidrio pulido y su mano constructora. O bien, devuelto por el *kosmos*. Aquel anatema inmemorial devoraba sus carnes: lepra invasora. Algo más purulento, sin embargo, corroía los intersticios de su alma al grado que ni las pústulas en su rostro ni la infección de éstas lo igualaba.

Aquello sin nombre era más profundo que sus noches sin sueño. De Salazar y Hurtado contrajo las facciones como señal de terror ante el vacío colocado por el destino a un paso de sus pies. *Horror vacui*. Estaba por despeñarse. En breve, su integridad se consumiría como cirio aislado del tiempo y de los hombres. ¡Desaparecería! La noticia del artefacto calculador le enmudeció hasta que en la sala del virrey se convenció de lo que decían. No sólo miró su magnificencia, corroboró él mismo su capacidad calculatoria. El viejo inventor dijo ante los espectadores que el principio de su funcionamiento era *bastante simple*, no así su alcance, pues ingentes números que computaba escapaban a la destreza de la mente. Una máquina que calcula, equipada para el arte de la manipulación numérica, y mucho más veloz que el hombre… aquella infamia corrompía los objetos, cambiaba los órdenes de lo existente, y, lo que era peor, desmembraba la perfección. Sus engranes no eran como los del artificio en el amable reloj, más bien constituían dentaduras abominables y peligrosas. La máquina, esa *Rueda* enemiga, le arrebataba algo íntimo para siempre. La oscuridad que sobrevolaba a Policarpo abarcaba lo inmenso con sus alas gigantescas y descendía sobre él con su peso de infinitud. Su vaho de enfermo empañó el cristal del espejo mientras el segundero del reloj, monótono, marcaba el devenir de la condena. ¿Y si la *Rueda* fuese capaz de hallar el número que él no podía, aquel que, sin el artificio algebraico, era en definitiva la solución de la fórmula cuadrática de su desconcierto, la *ecuación*? Sintió pánico. Era muy viable ser desplazado para siempre. No había dormido durante días. Su vida estaba trastocada y dejó de recolectar números en las calles. Ya no más vidas segadas por el momento. Debía hacer algo respecto al artefacto, pensó para sí, un mecanismo así no podía simplemente existir, no mientras él estuviera vivo. Además, era impensable permitir la existencia de algo *no humano* que pudiese superarlo y despojarle de su razón para existir. Ya conocía el infierno por sus llamas, pero había otro detalle digno de su total desasosiego: algunos influyentes planeaban mandar a hacerse réplicas de la máquina, tenían la autorización de la nobleza y sólo era cuestión de esperar la venia de su Señoría, don Miguel de la Grúa. ¡Eso sería el fin! Eran urgentes las acciones, aunque tuviera que asesinar al mismo virrey para llegar hasta la *Rueda*.

Ante el espejo miró de nuevo su rostro, luego el *Políptico de la Muerte*. Después dirigió con pesadumbre la vista a la ecuación de su angustia. Por último, vio sus números amados, trasuntos de la asfixia. Tomó un fajo de papeles y se dirigió apresurado a la salida de su taller. Arriba se miraba un cielo nublado, negro de humedad, que pesaba sobre la atmósfera de México.

DE LEÓN Y GAMA ESCUCHÓ GOLPES BRUSCOS EN SU PUERTA. EL peso de los años sobre su cuerpo le hizo dirigirse despacio a atender. Estaba casi ciego y sostenía en la mano derecha la lámpara de aceite. Además llovía a cántaros y dudaba que alguien hubiese en realidad tocado, tal vez era el sonido de la tormenta. Al abrir las hojas de la puerta miró un cuerpo envuelto en vestidos de mujer. Las ropas de su visitante estaban mojadas, y él inmóvil. Con trabajo acercó la luz hacia la cara cubierta: imposible mirar las facciones de quien tenía enfrente. Traía bajo las prendas, dentro de su envoltura de piel, un fajo de hojas amarillentas, gastadas, mismo que extrajo del envoltorio protector para extenderlo al hombre. ¡Eran sus notas perdidas! Cuánto tiempo había pasado de aquello, años desde su afán por hallarlas con ayuda de Hernán: ah, ese sirviente que de pronto desapareció sin siquiera despedirse, el muy malagradecido. El matemático había intentado reelaborar sus elucubraciones algebraicas, sin el éxito debido, al grado que la *Gazeta Matemática* rechazó sus escritos. El ser ante su puerta se descubrió el rostro. De León y Gama volvió a levantar la lámpara, esforzó los ojos apagados y contempló. Policarpo estaba decrépito. Le miraba con seriedad y sin decir nada. Luego cubrió su cara con el rebozo y, dándose la vuelta, caminó bajo la lluvia torrencial.

El científico había dado por muerto al calculista. Antaño le vio aparecer de entre la sombra y luego esfumarse como la bruma, pero cuánto hacía de eso... ¿Qué cosa pensar? Sintió un dejo de melancolía y duda al preguntarse si alguna vez el relojero tuvo un sentido en la vida. No todo el que busca encuentra, se dijo cansado. Suspiró. Había vivido ya lo suficiente para no sentir alegría por hechos como el regreso de sus notas, ni intriga por el destino que éstas hubiesen tenido. Luego de abandonar la ciencia matemática, ahora armaba rompecabezas que le eran traídos de Europa.

Cerró los ojos y rezó por el hombre que se perdía bajo las aguas, adentrándose como mártir en un lugar indefinido.

DESDE QUE LA VIO *LA RUEDA CALCULATORIA*, MARÍA ANTONIA, la esposa del virrey, pensó en ella como un buen regalo para su hija. Los obsequios con que la colmaba eran ostentosos, como el nombre que le pusiera al venir al mundo: María Carlota Luisa Guadalupe Carmen Manuela Francisca de Paula Antonia Micaela Lucrecia Josefa Patricia Justa Lorenza Angela y Romana. Aunque el inventor reclamó la máquina, el marqués de Branciporte le extorsionó, desde su fatuo virreinato estaba bien ejercitado en ese arte corrupto al vender puestos públicos, grados o títulos reales.

María Antonia consideraba a hija lo único valioso en su haber. Desde la llegada a la Nueva España sintió un sopor y tedio que jamás se apartarían de ella. Nunca más. En el viaje de Madrid a Cádiz, de Cádiz a la América (hasta el puerto de Veracruz) y de ahí a la Capital supo que su vida el Viejo Mundo se le había esfumado para siempre. Ahora se tiraba al abandono y bostezaba cada vez que la monotonía, la de la vida en el Nuevo Mundo, anulaba todo lo que pudiera ser maravilloso. Las visitas frecuentes de las viejas amargas de la nobleza le causaban repugnancia, sin embargo el peso del oro tiene su precio: el oro exige como costo la vida entera. Su hija, en cambio, le infundía bríos: era el único ser del mundo capaz de transmitirle un halo de alegría. No deseaba que en el futuro fuese como ella, insípida e ignorante, hueca, en otros palabras sin vigor ni gracia, o que perdiese la dignidad de su abolengo manifiesta en el poder de una dama inteligente.

Además, si su hija era instruida y culta, podría con facilidad volver a Europa (ya se encargaría ella de eso) y conquistar al príncipe de Francia o al de Austria. Una mujer instruida vale por cien hombres, le decía. Producto de su ignorancia, la pobre mujer creía que la sola posesión de la máquina aritmética podría infundir sabiduría y conocimiento a quien la poseyera. Por ello se esmeraba en que María Carlota la tuviese en sus manos y, cuando mostraba el artefacto a las mujeres obsoletas de su compañía, presumía. Miren, exclamaba, éste será el regalo de cumpleaños para Carlota.

POLICARPO VAGÓ BAJO EL AGUA QUE SE DESBORDABA DE LOS cielos, recorrió trechos anegados por la lluvia y el lodo. Evitó las avenidas donde ya existía el alumbrado público: lámparas a las que empleados públicos renovaban el aceite noche tras noche. Sus elegidas eran las vías oscuras y lúgubres. Llevaba el alma descompuesta y el cuerpo rígido bajo esas prendas femeninas que colgaban con el peso del agua celeste. A tramos, las calles se volvían laberintos en los cuales se adentraba, mientras relámpagos cortaban la noche con inclemencia. Así, se internó en la Calle de Santa Inés, la Calle del Amor de Dios, la de la Cadena, la de las Moscas, la del Monstruo, la de San Juanico, hasta desembocar en la plaza de San Sebastián mientras la tormenta azotaba el suelo de piedra. Permaneció en la plaza una hora, como sumido en una plegaria hasta que la lluvia comenzó a disminuir. De Salazar dejó su inmovilidad y volvió a caminar bajo las nubes negras. Aquella noche había toque de queda. Leía él los nombres de cada avenida como si fuese la primera vez que las recorriera. Atravesó un puente contiguo a la plaza y llegó hasta la Calle de las Moras, de ahí se volvió a la Calle de los Sepulcros de Santo Domingo hasta llegar a la de la Canoa. La lluvia se había reducido a una llovizna tenue, como un rumor de noche y agua que cae transformado en lluvia de astros luminiscentes: así se veía el agua a la luz de las lámparas colgantes en los postes de madera y las paredes. Gotas de luz caían y luego fluían como riachuelo plateado por la calle de piedra. Era tan tenue la lluvia que no ocultaba los sonidos de la noche: el canto de los grillos y la caminata a solas. Los pasos de Policarpo se escucharon chasquear contra el suelo mojado, deprisa. Un relámpago más tronó en las alturas a modo de murmullo que evoca la lejanía y el fondo de la angustia. Le seguía el silencio de su alma. De Salazar se adentró en las cavernas de su ser, siguió caminando sumergido, ensimismado entre la cortina de la noche que era a veces rasgada por las lámparas. De pronto escuchó una voz: ¿Podría decirme qué horas son?

De nuevo un relámpago surcó la penumbra e iluminó una silueta vestida de negro, con el rostro cubierto. Policarpo volvió de su letargo y miró la figura inmóvil del individuo. El reloj que a veces llevaba consigo se había quedado en su habitación. Sólo eso recordó, antes de advertir que el hombre ocultaba algo entre las prendas. Silencio. Luego el brillo de un metal con filo. De súbito supo que frente a él se hallaba el otro hombre buscado por la justicia de la ciudad, su igual en la ola de crimen y sangre, el degollador tan temido. Vino la confusión repentina. El otro supuso una víctima potencial ante sí, presentía la blandura en la carne de ese cordero tierno. Extrajo por completo el arma afilada. Con un movimiento repentino Policarpo logró descubrir su rostro y arrojar el rebozo de criada al suelo, mostrando así su cara carcomida por la lepra. El hombre del cuchillo retrocedió asustado ante esa visión horrible, estuvo a punto de huir pero recuperó el aliento y se puso en guardia con el arma letal entre los dedos. Con instinto asesino, De Salazar se agazapó también y extendió los brazos: sus manos nudosas y fuertes se mostraron prestas para estrujar, con los dedos tensos y alertas. El degollador de la noche se percató también de una verdad que cegaba como destello: se había encontrado con el estrangulador por el cual se mantenía la promesa virreinal de castigo y tormento. Se reconocieron. Policarpo chasqueó la lengua. La lluvia arreció de nuevo entre más relámpagos y un viento frío que silbó siniestro.

Se hallaban frente a frente por disposición del caos. Los dos monstruos. El hombre de negro contaba con un cuchillo largo y afilado, sus movimientos eran ágiles. Policarpo tenía las poderosas y hábiles tenazas de sus manos, poseía un rostro que ahuyentaba, la mirada de muerto y su voz apagada que intimidaba: Sabrás la hora por ti mismo.

Se preparaba un cuadro violento que nadie jamás contemplaría. Ciudad de México se hallaba dormida bajo la lluvia. La lucha monstruosa que se desencadenaba era el signo de un tiempo cruel, quizá un símbolo. Causas y azares juntos, fatalidad, silencio interrumpido. Sin intención de ceder, ambos esquivaron los ataques y las acometidas. Los dos hombres más temidos y solicitados de la Nueva España libraban un portentoso enfrentamiento. Medían sus distancias mientras vociferaban. Concentrado, Policarpo gesticulaba haciendo vacilar a su enemigo. Le miraba fijamente. El degollador, con el arma en la mano sonreía con descaro de lobo astuto. Lanzó una cuchillada al pecho, otra más al rostro y una al cuello del adversario: todas fueron desviadas. A su vez, con el arma evitaba la cercanía de esos dedos ávidos por suministrar presión. Luego otra cuchillada incierta que pareció dar con algo. Reía el hombre de negro, cuando sintió cómo su garganta se contraía. Los dedos asesinos y certeros habían atrapado su cuello, le apretaban con fuerza desmesurada. Ambos hombres tropezaron y cayeron jadeando al suelo. Los cuerpos rodaron en la lucha y esfuerzo de uno por liberarse y del otro por estrujar. El agua caía desmedida, sólo se podía escuchar el estrépito de la tormenta en que se había convertido la lluvia. Desde hacía mucho, los cielos no se desbordaban de esa forma, insistían en ofrecer una señal. El cuchillo se hallaba en el suelo. Los cuerpos se retorcieron en esa lucha titánica, donde la sentencia de la noche había decidido ya el nombre del que moriría en esa calle. El cuerpo del acuchillador empezó a ceder, se fue rindiendo hasta perder la fuerza. Policarpo se incorporó jadeante y miró al hombre inerte, con el rostro aún cubierto. Le dejó ahí, sin pensar siquiera en rasgar el velo de aquel anonimato. Aún había algo pendiente y él tenía tanta prisa por terminarlo. Acababa de planearlo mientras atravesaba las avenidas.

Sintió un rasguño en el costado, la única herida de la lucha. Y, sin pensarlo más, caminó directo a la residencia del virrey. ⌗

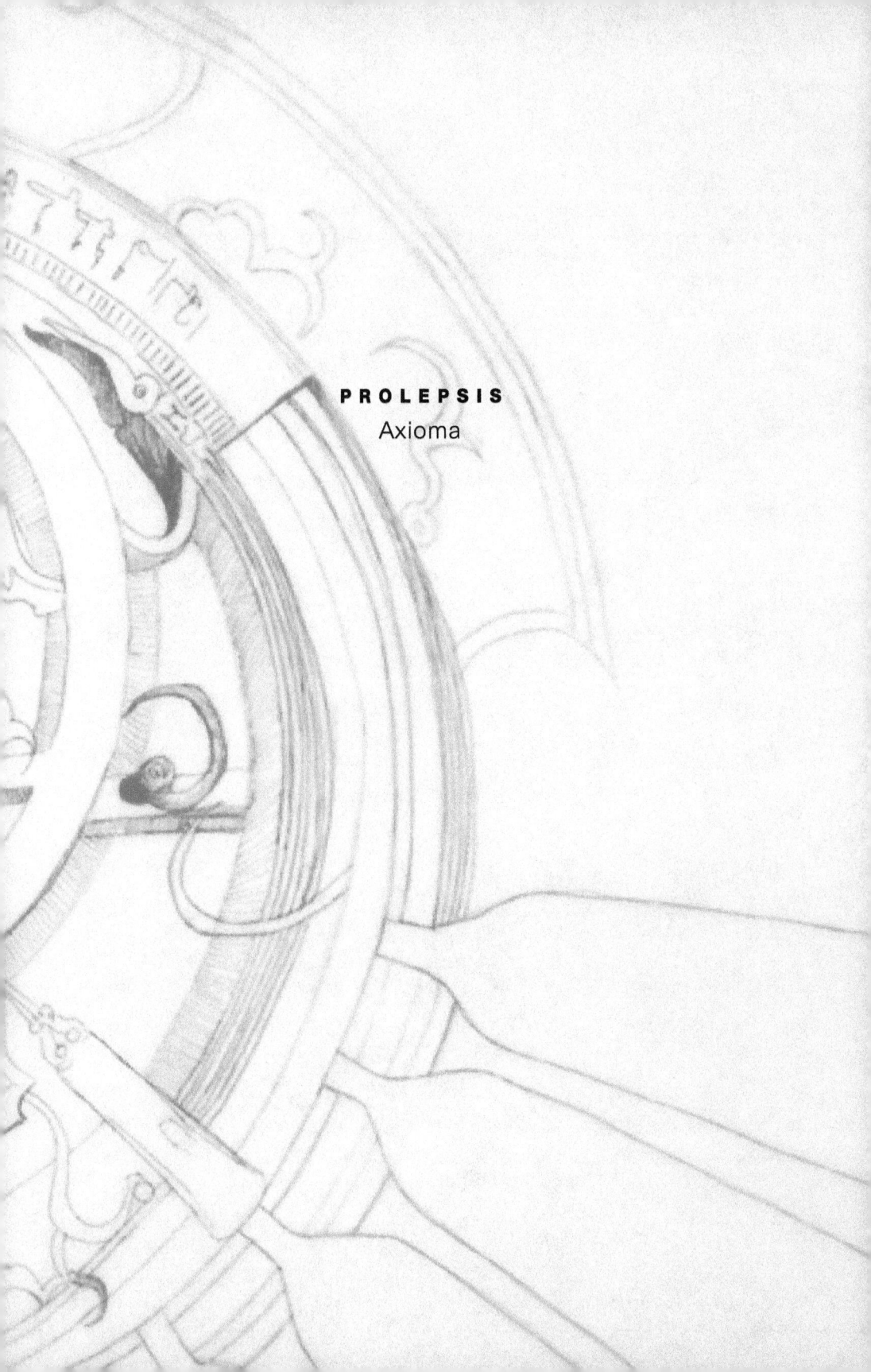

PROLEPSIS
Axioma

El hombre es una empresa que tiene en contra el tiempo, a la necesidad y a la fortuna, así como a la imbécil y siempre crecien-te primacía del número.

MARGUERITE YOURCENAR

Conocí a Marino en una conferencia de lógica matemática y algoritmos que se ofrecía en la Facultad. Amanda, mi mujer, había reñido conmigo antes de marcharse sin nunca volver a casa. Luego de su abandono incomprensible, que me sumió en estados de alta depresión (de eso hacía veinticinco días), Leticia, una amiga, me invitó a esa conferencia que, expresó, habría de estimular mi mente y aligerar las penas de mi espíritu. *Marino Montero, Elementos de lógica matemática basados en la aritmética modular*, rezaba el póster de la plática. Acepté, intrigado por el título tan sugerente. La primera impresión que tuve de él (fungía como profesor recién invitado a la Facultad) fue la de un individuo brillante y atrevido, audaz. De inmediato me causó un hondo efecto. Pero si de algo debemos fiarnos en las relaciones humanas no es de la primera, sino de la segunda impresión que deja cada individuo en quienes lo tratan: de ella se sabe y define si el roce podrá un día sellar en duradera amistad o será sólo eso, un trato llano y simple. Marino no causaba segundas impresiones. Las charlas con él dejaban claro que no sólo era brillante, se trataba de alguien excepcional, único. De inmediato intenté granjearme su simpatía, consciente de que era de esos elegidos de quienes deseamos la venia, un mínimo de admiración.

Hablar del hombre es hacerlo de las ideas, de la lluvia de sueños que deja éste tras la muerte, es, también, referirse a sus problemas y sus dudas. El mundo tiene problemas, casi todos los que parecen insolubles suelen no serlo, entre ellos se encuentran los del espacio vital y la supervivencia, por no mencionar otros de similar índole, o aquéllos causantes de que un hombre y una mujer que se han amado acaben distanciados por hechos de sorprendente nimiedad (eran treinta y dos días de mi separación de Amanda). La mayoría de los atascos insolubles se encuentran no en el mundo de la materia: los hallamos en el mundo de las ideas. Son asuntos de intelecto importantes para individuos que piensan demasiado y se ven sumergidos en abstracciones profundas, de las que algunos no regresan. Entre esos problemas sin solución, existe en matemáticas uno de particular importancia, no sólo por la dificultad de su tratamiento técnico, sino por sus implicaciones de largo alcance en la filosofía del conocimiento: torturan cerebros brillantes e inquietos, mentes como la de Marino. El desafío fue planteado por un matemático holandés que emergió de la oscuridad en 1910, año de ajetreos y revoluciones en el mundo: L. E. J. Brouwer. Nos dice Brouwer que es una cuestión insoluble conocer la certeza o falsedad de un enunciado como el siguiente: *En la expresión decimal de π existen cien ceros consecutivos.* El problema es grave en efecto y no se refiere sólo a ese número de por sí enigmático, sino a cualquier otro irracional, y se puede tratar no de cien ceros, sino de una mayor o menor cantidad de ellos. Lo que no puede hacerse es asegurar si existen o no, para hacerlo necesitaríamos expansiones decimales de infinitas cifras. Así, nos quedamos en la niebla. Se trata de un problema que evidencia la naturaleza no universal de la ley del tercero excluido. Existen en matemáticas preguntas sin respuesta. La del tercero excluido es una ley aristotélica según la cual, para una proposición, sólo existen dos posibilidades de verdad: si una proposición *p* es verdadera, la negación de *p*, *no p*, es falsa. El problema de Brouwer no sólo es un problema de lógica, es un problema con el infinito.

Estando en la Facultad, supe muy pronto qué hay cosas que no deben tomarse a la ligera. Una de ellas es el infinito.

De acuerdo a la leyenda, el último ser humano que dominó la totalidad del espectro matemático fue H. Poincaré, el padre de la topología. Al conocer a Marino dudé que esto fuese verdad: sus investigaciones abarcaban diversos temas y eran publicadas en revistas matemáticas de prestigio mundial. Las revisé con ahínco, presa de una mezcla de admiración y envidia. Si tan sólo hubiese podido elaborar alguno de sus planteamientos…, me lamenté ante Leticia. Por toda la constelación matemática orbitaban demostraciones de teoremas por él elaborados, disertaciones y conjeturas. *The American Mathematical Monthly*, *The Mathematical Gazette*, *Epsilon* y muchas más publicaban sus colaboraciones.

Mi primer *malentendido* con Marino se debió a causa de un ensayo que envié al boletín de la Facultad. En modo alguno pensé que fuese a molestar a su sensibilidad particular. Así comencé a conocerle, a obtener de él esa *segunda impresión* de la que hablaba. En el ensayo exponía algunos conceptos, inteligentes a mi juicio, respecto a la matemática contemporánea. Repito un fragmento de éste y, para que se entienda el porqué de lo que ocurrió después, coloco en cursiva las oraciones que detonaron esta historia:

Eterno debate
Hay quienes aún en los días de la Realidad Virtual discuten si la Matemática, antes de ser una ciencia, es un tipo de lenguaje. ¿Se crea? ¿Se descubre? Lo cierto es que nadie sabe la respuesta. Quizá no sea tan aventurado definirla como un arte formal. *Quien afirme que la Matemática es incompatible con la realidad y la sitúe exclusivamente en el mundo de las ideas, la niega, y no sólo a ella, sino a la historia y al mismo devenir, porque el proceso histórico del mundo es el proceso de larga data de la misma Matemática.*

Se nos ha mostrado ya que un sistema axiomático no es necesariamente autosuficiente, en el sentido de que toda afirmación relacionada con su tema pueda probarse con los solos axiomas de dicho sistema. La complejidad de un asunto de frontera hace que las demostraciones requeridas en éste se tornen cada vez más difíciles. En la Matemática debe demostrarse todo, y sin embargo existen matemáticos herejes que pronostican la muerte de la demostración matemática. Hay otros que aceptan la idea de una máquina para ejecutar la tarea. La disertación respecto al futuro de las matemáticas se ha atendido con desgana, los futuristas evitan en su mayoría el tema.

La Matemática, es decir, el conjunto de todas las matemáticas, surgió, no cuando el hombre adquirió la capacidad de abstraer el número. Lo hizo al comprender éste la recurrencia de algunos fenómenos, cuando podía asegurar que al día seguía la noche, a la noche el día, al día la noche y así sucesivamente. El humano supo de una vez por todas que era posible encontrar un orden en el mundo, la armonía que relaciona sus objetos. La Matemática nació de ese hallazgo. *El número vino después.*

A los pocos días de la publicación de *Eterno debate*, Marino se presentó ante mí con un ejemplar del boletín, mismo que lanzó sobre la mesa ante la que yo bebía café. Hay quien dice que los matemáticos somos máquinas que transforman café en teoremas. Nada más falso que eso, algunos bebemos café para olvidar. Nada era para menos, porque, debo admitirlo, el ensayo fue escrito con la intención de que gustase a Marino. Mirándome con aquella seriedad seca, Marino interrumpió mi elucubración. Tu escrito pretencioso no me convence, espetó. Miré de reojo el título acuñado por mí. Marino, le respondí, los textos son revisados primero por gente competente. Sin duda alguna, mi publicación había pasado por un dictamen, en el que dos de los revisores me sugirieron cambios y precisiones. Esos idiotas tampoco saben nada, reprendió él, creen que porque tienen un doctorado poseen cerebro. En lo que respecta a ti, añadió, llegué a pensar que eras un poco más inteligente. Y remató: Me has decepcionado con tremendas pendejadas...

Ese *me has decepcionado*, pronunciado por su boca, me sonó a descalificación absoluta. Aunque lo hubiese deseado, no podía interpretarlo como un simple reproche, fue *otra* cosa que desde aquel día me hizo perder el sueño. Al verlo en los pasillos me ponía tenso y nervioso. En los seminarios, buscaba llamar su atención haciendo comentarios elocuentes, preguntas imbricadas a los expositores, esperando inútilmente que el peso de sus pupilas se posase en mí.

Marino era de aquellos que detestan en serio la mediocridad. No se conformaba con la obtención de resultados aislados de tal o cual tema matemático. Creaba teorías completas.

Una tarde, en el café de la Facultad, él y Carolina ocuparon un lugar al lado de mi mesa. La joven era una de las numerosas novias que Marino se conseguía y un año atrás Amanda me la había presentado. De hecho, *era muy semejante a Amanda*, no físicamente, sino por las gesticulaciones que solía hacer, sus movimientos corporales. Hasta el tipo de prendas que vestían guardaba un enorme parecido, acerca del cual la gente de la Facultad había intercambiado comentarios. Por su parte, si de otra cosa podía jactarse Marino, era de su habilidad para tratar a las mujeres. Carolina tenía unas facciones hermosas y sobre todo una risa entre infantil y coqueta (esa sí, distinta de la de

Amanda) que a menudo perturbaba, mucho más si se ponía atención en sus ojos claros y profundos, pero no miraba a nadie con ellos, sólo a Marino... Sobre sus piernas largas y bronceadas, que la minifalda permitía lucir con descaro, descansaba una computadora portátil que, decía ella, era regalo de cumpleaños de su madre. Dirigió a Marino una mirada de complicidad. Entonces encendió la máquina. Marino se acomodó en su asiento y cerró los ojos. Le pidió que inventase una operación aritmética, la que viniera a su mente. Divertida, ella soltó cifras, sugiriendo divisiones o productos entre ellas, y él respondía. En el teclado de la máquina, los resultados iban siendo comprobados. Empecé a comprender el juego. Mis manos sostenían un libro editado por la prestigiosa *Springer Verlag*, donde era citado uno de los artículos sobre formas modulares de Marino. Entre las expresiones de excitación de Carolina, traté de concentrarme en la lectura. Entonces, como percatándose de mi existencia, Marino se volvió a mí dirigiendo un saludo. Hizo un gesto como de *tú sí puedes sorprenderme* y me invitó a participar en el juego. Di dos números enteros de magnitud considerable (cómo he de olvidarlos, uno de ellos era múltiplo de cincuenta y cinco, la cantidad de días separado yo de mi mujer) y le pedí el producto. Marino tenía la respuesta antes que la novia hubiese terminado de teclear las cifras. Y estaba en lo correcto. Así permanecimos un largo rato, yo pronunciando números y operaciones, él empleando la cabeza y respondiendo, incluso en el caso de las raíces cuadradas y de órdenes mayores.

Marino era uno de los que en algunas revistas llaman *idiot savant*, por supuesto, sin el calificativo *idiot*. A veces estos *savant* aparecen en películas o programas de TV exhibiendo sus habilidades para el número. En otras actividades, tales seres resultan por lo regular ineptos y retrasados mentales. Es posible que nos topemos con ellos en las calles o en el metro sin notarlo, van contando con la vista multitudes de gente y efectuando complicados cálculos mentales en cosa de segundos. Me sentí entorpecido, usado. El número es primordial y ya era lo que es antes del surgimiento del Hombre, me aseguró Marino con un brillo indefinido en los ojos.

Presentí que lo mejor para mí era evitarlo.

Marino tenía, no obstante, dos defectos notables: uno de tipo físico y el otro psicológico: el primero era el padecimiento de un asma alérgico que le causaban las flores y también el frío de invierno o el estrés: era lo bastante hábil para hacer que nadie lo notara. En cierto debate con un erudito acerca de la validez o invalidez de la definición que pueda hacerse de los conjuntos, y que le ofuscó por la necedad del hombre, quienes presenciábamos de cerca la discusión le notamos una ligera dificultad para respirar. Su otra deficiencia era su imposibilidad para aceptar la existencia del cero, cosa irrisoria en alguien como él. Escribía un millón, por ejemplo, en notación exponencial o hasta con letras para evitarse la repulsión de anotar los ceros, de verlos como enemigos intimidantes. Por ello la cuestión de Brouwer lo aturdía, porque era un hombre alérgico al cero.

Días después volví a encontrarlo en la cafetería, esta vez por accidente. Estaba solo, transformando, él sí, el café en teoremas. Fingí no haberlo visto, pero cuando salió de ahí observé que olvidaba un libro sobre la mesa. Lo tomé antes que alguien se adueñase de él, la curiosidad me mataba. Era un ejemplar del *Scottish Book,* la mítica colección de problemas matemáticos planteados, entre otros, por el gran Ulam. Siempre me sorprendí al leer que el *Libro Escocés* fue enterrado en un árido campo de fútbol mientras sus autores, desperdigados por toda Europa y los Estados Unidos, intentaban sobrevivir a la Segunda Guerra Mundial, bajo la promesa solemne de que los sobrevivientes regresarían a cavar para rescatarlo. En la solapa del volumen Marino había anotado lo siguiente (eran unos versos de T. S. Eliot):

Y aún las Entidades Abstractas/ circumambulan su encanto:/ pero nuestro destino repta entre costillas secas/ para mantener caliente nuestra metafísica.

El número en su infinita primacía. El pitagórico *todo es número* me hacía cuestionar el poder de las palabras. Siempre me ha dolido saber que no sólo soy, como en la distopía futurista, un número, sino muchos números con los que se clasifica mi persona en un acta, en un carnet, en una licencia de manejo, en la credencial para votar, en la cartilla, en la cédula de profesión, en la otra de servicios médicos... Cada uno de esos documentos es manejado por el funcionario correspondiente en término de cifras: en cada cual se pierde el nombre. Quién hubiese imaginado que la mística del griego hacia el número pasaría a ser el culto purista del que hace Teoría de Números, y luego el afán en la elaboración del código criptográfico, con el que se protegen las bases de datos que dan acceso a cuentas bancarias estratosféricas, entre ellas las de gobernantes corruptos que obtienen dinero sangrando a sus pueblos. El número contra el nombre. El número dinero. La disolución del individuo en un mar de cifras de censos poblacionales, censos de pobreza y desnutrición, censos de guerra y muerte.

Entre todos, entre el número áureo, el real, el complejo, el hipercomplejo, el *p-ádico* o el transfinito, resalta un tipo especial de números que pueden determinar la medida del caos: exponentes especiales resultado de una dinámica del mundo modelable. Me pregunto si existe uno que pueda determinar la magnitud de la maldad, del odio, del sufrimiento. O un número que cuantifique las penas de un corazón deshecho. Cuando aprendí a contar, los números me maravillaban. Entonces era inocente.

Dudaba entre devolver el libro a Marino o quedármelo. No quería verlo de nuevo y experimentar sobajamiento. Pese a mi renuencia, opté por buscarlo para entregarle lo que era suyo. Llegué a la puerta de su cubículo, la hoja estaba entreabierta. Si hubiese tocado para que él me atendiese, varios de los hechos que narro no estarían siendo contados. Abrí despacio, sólo quería darle el libro y largarme de ahí, perdiéndome aprisa por los pasillos en dirección a los jardines botánicos de la Facultad. Al recorrer la vista por donde supuse que Marino debía hallarse, contemplé un asiento vacío. En cambio, en el lado izquierdo cercano al umbral de la entrada, me encontré ante algo que me dejó helado: Marino se hallaba de espaldas a la pared lateral de la puerta, frente a una computadora. La máquina realizaba cálculos aritméticos. Al principio interpreté en su actitud un gesto de ironía, tal vez de humor: se encontraba como postrado ante la máquina, y parecía estar venerándola. ¡Alguien tan brillante como él! Era contradictorio, ridículo. La visión me hizo evocar apostasías paganas de tiempos olvidados, cultos sin nombre desaparecidos de la humanidad por obscenos. En cierta conferencia, Marino había dicho ante conocidos y estudiantes que la máquina era la mediadora entre el hombre y los objetos abstractos, incluso entre los números del mundo de las ideas. Hay números que ni siquiera podrían imaginarse, pronunció sugerente, y a los que sin embargo puede accederse vía la computadora u ordenador, como quieran ustedes llamarle. Son cifras innombrables, de órdenes para los que las palabras no alcanzan.

Mi desconfianza fue en aumento. Sin éxito traté de alejar de la mente lo contemplado. Tras mis párpados persistía la imagen vista en el cubículo y cuando me percaté estaba enfermando por su causa. Pero también espiamos lo que nos extraña y fascina, le seguimos por senderos intrincados y sembrados de peligro. A riesgo de perder el empleo, me las ingenié para, noche tras noche, introducirme a su cubículo y encontrar lo que pudiera, algo para saber quién era él. Así di con la bitácora de apuntes donde anotaba, además de sus avances matemáticos, sus introspecciones, todos sus venenos. No era un diario ni nada semejante.

Nota de Marino: El número es frío y severo. El número no miente. He visto en sueños una nueva aritmética en la que no existe el cero.

En pláticas informales, Marino insistía en esos matemáticos que emprendieron sus investigaciones del reino abstracto buscando a la Divinidad. Tal vez, decía él, se plantearon una Religión de la Mente. Luego de aclararnos que no bromeaba, pasaba a explicar que los cultos forman parte del hombre desde tiempos inmemoriales. Y tal como lo afirmó Galileo, secundó él que la matemática es la búsqueda de la Mente de Dios.

En cierto periodo del Japón, los campesinos ofrendaban a sus dioses teoremas geométricos en tablillas de madera: las *sangaku*. También los samurai, allá entre 1700 y 1800, después de la práctica del *bushido* y de afilar sus katanas, se introducían a sus habitaciones a tallar la solución de problemas matemáticos, luego ofrendaban sus *sangaku* en templos sintoístas o budistas a dioses que gustaban de la matemática.

Algo parecido es la Religión de la Mente, opinaba Marino. Dispensaba la idea de un mundo platónico, lleno de la pureza del silencio y del silencio de la pureza. La mente, continuaba él, es un mecanismo para acceder al sitio donde todo es Mente. *Allá*, el mundo matemático existe por sí mismo, a la espera de que descubramos sus entidades. Ahí se encuentra Dios.

Nota de Marino: Busco un tipo de ciencia y de estética donde reine la frialdad. He llegado a conceptos, exclusivamente numéricos, que explicarían el porqué de la existencia de las esferas. A partir de la hiperesfera he hallado los *números artificiales*.

Números artificiales, ¿cómo podría yo entender eso? Reconozco que mi mente apenas bastaba para comprender la estructura abstracta que conforman los números naturales. La Teoría de los Números estudia los números naturales: nuestro primer contacto con lo contable. En cambio, este investigador maníaco había dado con sus números propios, que eran arrojados por un homomorfismo de acción sobre productos de entidades primas, haciendo que coincidiesen con puntos particulares de la superficie de esferas de múltiples dimensiones.

A veces Marino alababa el azar, la hermosura impredecible del azar. Apostaba en los casinos de la Avenida de los Insurgentes, tan controvertidos para algunos. Recuerdo cómo describía con fascinación el movimiento de los dados tras haberse lanzado, esos cubos obedientes al gobierno de los números de la incertidumbre.

Luego de cuantificar los días que me separaban de la que fuera mi esposa (noventa y ocho jornadas), Leticia me dijo: No dejes que la tiranía de los números se te imponga, serás más infeliz. ¿Pero qué son los números sino tiranía? A menos que, hablando en términos generales, el mundo abstracto del que provienen, sostendría Marino, sea también un reino de sola frialdad. Jamás me había detenido a meditar con dedicación en el tema. Las *Entidades Abstractas*... Se trata de un asunto de arduo planteamiento. La herencia platónica de un mundo de las ideas, independiente del hombre y donde existen los conceptos perfectos, fue atractiva para los teólogos además de existir una larga tradición de interacción entre la teología cristiana y la filosofía

platónica. San Agustín vacilaba nervioso al relacionar la omnipoten-
cia de Dios con las verdades residentes en el mundo de las ideas
perfectas. En el pensamiento sistemático existía un problema: algunos principios de la lógica y la aritmética parecían ser irrevocables y
por ello mismo ponían algunas restricciones sobre la libertad de acción de Dios.

Los matemáticos del pasado creían en la existencia de la Mente Divina, donde vivía la perfección. Otros, más contemporáneos,
tienen una actitud especial para con las estructuras matemáticas
(permanentes e inmutables paras ellos). En la Universidad de Gi-
nebra, el matemático Paul Bernins pronunció que los objetos matemáticos están *privados de cualquier lazo con el sujeto reflexivo*,
en otras palabras, están aislados de la influencia personal del matemático. Kurt Gödel, revolucionario de la matemática moderna, fue
también un exponente del platonismo y mantuvo un sorprendente
apego a la idea de realidad objetiva de las entidades que son la preocupación diaria del lógico. Y he aquí a Ramanujan, el joven autodi-
dacta: *Creo que la realidad matemática reside fuera de nosotros y
es nuestra función redescubrirla u observarla... 317 (por ejemplo)
es un número primo* no *porque nosotros lo creamos así, o porque
nuestras mentes estén conformadas en una dirección más que en
otra, sino porque es así, debido a que la realidad matemática está
construida de esta forma*. Sir Roger Penrose, genio inglés multifa-
cético, apoya esta postura y asegura la existencia de configuraciones geométricas que el hombre, asistido por la máquina, descubre
(fractales complejos, por ejemplo) y que *no son una invención de la
mente humana: estas estructuras ya están allí, se descubren al igual
que se descubrió el Everest*.

Empecé a tener confusiones y fiebre, insomnios. ¿Qué tan real puede ser el mundo de los símbolos? Al dormir tenía pesadillas en las que
a veces aparecía Marino y yo corría tras él para que me diese una

llave de entrada, o un código, a esos mundos de infinita pureza. En otros sueños, era trasladado al mundo de las *Entidades Abstractas* y no podía volver.

Lo vi otro par de veces realizando sus cálculos mentales, con el rostro tenso y la frente sudorosa, concentrado como poseído. Hacía esfuerzos enormes en ese su *juego de resistencia* al computar todos los decimales de alguna cifra irracional que le permitía la mente. Terminaba agotado, como un autómata flácido. Palidecía y la voz se le apagaba a causa del sofoco. Al mirarlo, sentía yo algo que no podría nombrar con precisión, pero que asociaba de una manera vaga con el miedo.

Instrucciones para sabios (nota de Marino):

Instrucciones para Arquímedes:
Cuenta granos de arena y polvo. Calcula y cuenta hasta morir. Luego, desde el fondo del pozo pronuncia la cifra. Divide en mil la forma de la muerte y en mil cada pedazo para descubrirme sus secretos. Enciende con tu espejo la aurora de los días. Sangra tus nudillos en las aristas del cuerpo geométrico. Inventa un teorema sin fin que conduzca a la locura.

Instrucciones para Galileo:
Mientras cae Simplicio de la Torre, observa que el puñal de Salviati se esconde bajo la prenda y pretende el daño y la punzada. Sin la inclinación de la Torre se desvanece la sombra al mediodía. ¿Ves el péndulo oscilando?: en esa sincronía se anuncia el vaivén de tu condena (los hombres también se mueven). Acepta sin temor el fuego de la hoguera.

Instrucciones para A. Einstein:

Cuídate del hoyo negro que te acecha pues ni la luz escapa de su abismo. Sigue atendiendo la ecuación que se retuerce desde el trazo y te grita la verdad que nunca escuchas. Dale cuerda al reloj. Custodia la brújula y repite el experimento mental de los fotones. Demuéstrame que la gravedad existe. Lánzate al centro rapaz del hoyo negro porque Dios nunca dejará el juego de los dados.

Una de las noches en que hojeaba furtivamente la bitácora de Marino, noté que había nuevos agregados. Uno de ellos alertó mi atención. La nota decía: Las *Entidades* merecen algo más que el ofrecimiento de una mente. Luego: He lanzado los dados y cayó el seis seguido del tres: sobrevino el sueño profundo de la razón.

Este hombre tiene la mente destemplada, pensé, está tramando algo con toda seguridad. No era que brotasen ideas de mala fe de mi mente celosa de su genio: lo que alteró mis nervios fue que en su escritorio estaba el *Reforma* de dos días antes, de cuyas planas llamó una mi atención. En el apartado de nota roja, se hablaba de nueve muertes. Nótese: Marino lanzó los dados. Seis y tres, en la aritmética de módulo uno, suman nueve. No sé, supongo que debí poner sobre aviso a la Procuraduría, aunque es bien sabido que la policía mexicana sólo actúa hasta que hay cadáveres. Temía encontrarme de frente a ese genio insano y que éste me descubriese metiéndome en lo suyo. Me ausenté dos semanas de la Facultad.

Caminé perdido y confundido por la ciudad. Abordé sin destino vagones del metro. En cada rostro que se desplazaba veía a Marino. Comí poco esos días, los alimentos que ingerí me provocaron náuseas. ¿Qué era lo que pensaba? Encendía el televisor para apagarlo tan luego abría su ojo electrónico. Me sumergí en la red de información: la autopista virtual se presentó ante mí desde pantalla luminosa, mientras mis manos tecleaban enloquecidas. Navegué por siete mares de *bytes* de información, más información por todas partes, información no solicitada que hallé cual si me asediase. Como eso que leí y releo en este mismo instante:

El origen de los números

Los números son coagulaciones de las ondas de simetría, son la memoria de la simetría y la memoria misma es un espejo o duplicador. Los números son una expresión del mundo natural, el cual, para construir su obra, se basa en regularidades. Dicha simetría es también cerebral, es física (ondas electromagnéticas o partículas subatómicas). Es cosmológica (rotación de la tierra, luz y sombra), fisiológica, idiomática y gráfica (forma de las letras, entonación al hablar, respiración), Es temporal ya que el tiempo es duplicable. (Si se refleja un reloj en un espejo de tres lóbulos y dos valles, éste duplica su imagen. Así, mientras en el reloj físico la aguja horaria da una vuelta completa, en el reloj reflejado dará dos vueltas)... También la luz..., si sacas una foto de la foto, frente al espejo, al reflejarse al flash, rebota la luz y sale del espejo, de manera que en la foto ves el flash y un rayo circular perfecto y dinámico que entra y sale, el cual comienza y termina en el espejo pero que se desarrolla afuera... (sacarla con la luz del día). Como el rayo es blanco, dentro de la foto queda también un arco iris pequeño... Las partículas subatómicas mismas, llámense partículas o fuerzas o relaciones o funciones dentro de cuerdas, tienen su perfecta duplicación en las antipartículas (reflejo especular). Memoria, espejo, simetría y número son sinónimos funcionales naturales... La quiralidad derecha e izquierda denota que hay ejes (*01, 10*), son los boletos capicúa del autobús cuando todavía eran de papel numerado: *18481*. El cuatro es el eje, pero si no tuviera el eje cuatro (*1881*) igual hay un eje. Hablamos de supersimetrías ya que la simetría simple es cualquier número (*5*) porque significa la repetición igual de una unidad o trozo. Para ser materia, hay que reflejarse hacia ambos lados de un eje, esto da lugar a la simetría... Así que el número representa el eje de simetría de la naturaleza, y, por lo tanto, al estado intermedio y puede ser definido como el rostro humano de las simetrías visibles o invisibles porque barren todo el espectro probable de lo que hay... Su magia consiste en que barren, incluso, lo no conocido. (No conocemos una estrella pero nos permiten saber a qué distancia fulgura).

Sumar es la acción de descripción de simetrías desplegándose:

*1 = **

*2 = *** despliegue o repetición del movimiento anterior (simetría)

*3 = **** lo mismo.

Somos capaces de sumar porque tenemos memoria la cual es un espejo copiador. Agregando y agregando y nombrando al movimiento, simétrico e igual... Desplegando y repitiendo un movimiento, una y otra vez. ¿Definición de simetría? Símil, reflejo, movimiento similar. ¿De dónde partir? ¿El huevo o la gallina? El espejo, (o mejor, la acción de reflejar y duplicar) es anterior al número.

Firmaba un tal Hugo Luchetti, que al final se preguntaba: *¿Dónde estoy instalado cuando comprendo?*

Entre los noticiarios nocturnos de televisión se retransmitió la noticia de esas muertes extrañas a las que aludió el diario en el cubículo de Marino: en la habitación de un departamento de la colonia Tránsito se encontraron nueve cuerpos inertes en formación sobre un pasillo. Los conductores de los informativos hicieron hincapié en la *inhumanidad* del criminal. Por su parte, los diarios especularon sobre el móvil del asesinato, atribuyendo su autoría al crimen organizado. En acalorada discusión, el procurador de justicia denostó la opinión de un forense que sugería suicidio. La necropsia, efectivamente, reveló que todos tenían en el estómago residuos de fuertes somníferos como el *Loramet* y el *Rohipnol*. Cualquiera habría pensado en un suicidio colectivo. Pero existía otro detalle: los nueve estaban atados con cuerdas de nylon resistente: por tanto, no pudieron suicidarse. Sin embargo, volvió a refutar el procurador, el crimen organizado actúa distinto, ellos aplican el tiro de gracia en la nuca, es su *norma* y estos hechos no lo corroboran.

De mi propia bitácora llevada en esos días agobiantes (trasunto, copia vil de la de Marino), en busca de elementos que aportasen claridad a lo que narro, extraje esto:

Dos semanas fuera de la Facultad, ajeno a mis investigaciones. Nada que hacer. Andando por las calles y volviendo a casa, solo, con mis libros y paradojas en esta pesadilla. Hoy hace ciento veinte días que, aduciendo a mi dedicación excesiva a la matemática, Amanda se marchó al departamento de otro hombre. No extraño a ese fantasma, he aprendido a estar aparte sin su calor (falso, es la negación de la proposición anterior lo que ostenta valor de verdadero). ¡Ciento veinte días! Aún paso por las etapas del duelo... Me conecto a la Red y buscando un artículo de ecuaciones diferenciales me voy tropezando con ofertas de suscripciones a foros, con anuncios de putas ofreciendo sus cuerpos, con publicidad de muchos tipos, o páginas de bestialismo, zoofilia, necrofilia, lesbianismo, sadismo, con otras más de pornografía en dibujos animados... Debo ir evadiendo todo este caos de información para dirigirme a lo que busco sin encontrarlo. Tecleo por inercia frases sin sentido sobre todo lo posible e imposible, fechas, nombres, lugares. Investigo sobre novedades tecnológicas, científicas, matemáticas, y me sumerjo de nuevo en otra corriente submarina de datos.

De esa forma me encontré con una cifra notable entre las cifras. La llamé el *número*.

Cuando volví a la Facultad las cosas rebozaban de una normalidad saludable. No pesadilla, sino vida. No delirios. Sus jardines me parecieron más verdes y la gente llena de entusiasmo. El primer ser conocido al que vi era Amanda, o eso imaginé tras el primer vistazo, sin embargo se trataba de Carolina. Mi estremecimiento aumentó cuando, esa vez, sí me miró con sus ojos claros antes de saludarme jovialmente. Hacía un clima templado bastante agradable y me estaba sintiendo bien, hasta que a lo lejos, atravesando la explanada que une la biblioteca con el café, vi a Marino.

Tuve que esperar hasta la noche para poderme introducir adonde el escritorio de Marino. Las baterías de mi linterna estaban casi descargadas: tenía poco tiempo para revisar aquello que se pudiera. Marino había cambiado las cosas de lugar, el anaquel de los libros, la cafetera, la computadora, los cromos. El escritorio era nuevo y los cajones tenían chapas. No veía por ningún lado la bitácora y mi lámpara empezaba a parpadear. Seguro que las notas estaban bajo llave en el escritorio. Salí antes de quedarme a oscuras.

El *número*, en cursivas para distinguirlo de los otros, es en definitiva extraño. Sólo puede obtenerse manipulando cierto algoritmo avanzado con ayuda de un ordenador: un algoritmo complejo de Wolfram. Es una *Entidad Abstracta* que, ciertamente, no fue inventada por el hombre, sino descubierta. Lo observo y apenas me es posible aceptar que exista un número así. He jugado con él hasta reparar que se puede obtener manipulando aritméticamente la raíz positiva de una ecuación cuadrática, una fórmula algebraica sencilla y a la vez desconcertante: ésta que escribo con el bolígrafo: $x^2 - 3^3x + 3^3 = 0$. Dudo que jamás alguien haya dado importancia a esta ecuación tan insignificante.

Regresé al cubículo de Marino con buenas baterías en mi linterna. En cuanto a lo de las chapas del escritorio, no fue difícil conseguirme unas ganzúas de factura coreana.

Ahí estaban las notas. Como lo esperé, había nuevas cosas:

Axioma

Un axioma es algo que se acepta de entrada como verdadero, para dar paso a algo más complejo. No he encontrado otro axioma que el hombre haya aceptado sin cuestionamiento desde el principio de los tiempos como éste: Todos los hombres son mortales.

Más adelante me encontré esto:

Dialéctica del dado

No hay nada más sencillo, y sin embargo bello, que emule el azar como un par de dados. Con ellos se tiene la certeza de que se lleva el azar en el bolsillo. El juego de los dados es más excitante si se lanzan uno por uno. Doble azar, doble sorpresa.

Cada dado debe ser de tamaño mediano, no pequeño porque se pierde, ni demasiado grande porque se exhibe vulgar, siendo preferibles los dados de marfil de elefante o de morsa, así tienen un peso agradable ya sea en las manos antes de lanzarlos o en el cubil, pues cuando se agita éste dan un sonido especial y poderoso. Los puntos deben estar quemados con un hierro incandescente, con esto jamás se borrarán al tocarlos el sudor de la mano. Las doce caras de ambos son como las doce columnas de los templos sagrados que vieron los profetas en sueños. En el mundo de las ideas los templos resplandecientes han de ser así. Las *Entidades Abstractas,* que deambulan en ellos con su belleza fría, se me siguen apareciendo en el sueño. Son tan reales. Siempre las palpo. Me convenzo de que debo tomármelas más en serio.

Marino. Marino. ¿Desde cuándo noté que tú y yo nos parecíamos?

Nota de Marino: En breve, volveré a lanzar los dados.

En 1966, los estudiantes europeos de matemáticas tuvieron en sus manos la primera edición del *Curso de Matemáticas Generales* de C. Pisot y Zamansky, a partir del cual, para el fortalecimiento de sus habilidades matemáticas, G. Lefort elaboró un difícil problemario destinado a los mismos estudiantes. No es mucho lo que puede saberse acerca de los autores del *Curso,* sobre todo del primero, Pisot, de quien varios curiosos han hecho preguntas (intrigados al ver una referencia a él en el Espacio Virtual destinado a *Mathematica©*). Podemos imaginarlo caminando por los pasillos de una universidad de su natal Francia, con su café amargo en la mano empolvada de gis, un libro de aritmética superior o de álgebra y el diario *Le monde* bajo el brazo. Se trata de alguien semejante a un fantasma que deambula en la mente de un pequeño colectivo amante del número, dormita en páginas de alta investigación aritmética, flota en el ciberespacio que lo roza apenas con su geometría virtual o, tal vez, se halla en el mundo de las ideas. Nacido en 1910, el mismo año en que el matemático de Holanda Luitzen E. J. Brouwer enunciara su famoso problema de insolubilidad, el del tercero excluido, Pisot compartió la misma obsesión de Ramanujan, Hardy, Dedekind y Cantor respecto a los números, en especial los algebraicos, en los que investigó ampliamente. Debió plantearse sin duda las tesis intuicionistas de la Matemática del propio Brouwer. He preguntado sobre él con la misma curiosidad y es poco lo que se sabe. Me agrada pensarlo inmerso en un mundo lleno de actividad, de discusiones interminables con colegas hasta avanzadas horas de la noche, con la pizarra llena de símbolos y abstracción. En ocasiones, lo pienso solo, meditando en sus teoremas, escribiéndolos con cuidadoso detalle. Parezco mirarlo sentado en el escritorio, pidiendo silencio mientras anota con celeridad sus ideas en el papel para no perderlas, levantándose luego por otro café y regresando a su mesa a hojear el *Le monde*, leyendo las noticias de aquellos tiempos, exclamando quizá un *merde* al mirar los reportes financieros o los referentes a las represiones de los movimientos estudiantiles en el mundo. Me pregunto si Pisot sería zurdo o diestro, si se le apreciaba en su universidad, si tuvo simpatía por el comunismo o el capitalismo, o si, en su momento, protestó contra la bomba en la Segunda Guerra. ¿Qué pensaba de los aliados?

Intento seguir reconstruyendo en mi pensamiento su vida. Indago también en la Red de información, no es mucho lo que encuentro. De su obra, entre lo más selecto: *La répartition modulo 1 et les nombres algébriques (Annali della Scuola Norm. Sup. Pisa, Ser. 2, 7 (1938), 205-248)*. De su vida: *Charles Pisot, Francia, (1910—1984)*.

Con pretextos de índole diversa, como explicarle cuáles eran los axiomas de Zermelo Fraenkel o pedirme ayuda para sostenerle los libros mientras comprobaba si llevaba en el bolso la llave del coche, Carolina comenzó a frecuentarme. Ergo, me expliqué lo de su sonrisa a mi vuelta a la Facultad. Posiblemente, pensé, busca procurarse un sustituto de Marino, así como yo, sin aceptarlo a plenitud, buscaba una sustituta de Amanda. Por ello mismo, cuando posó por vez primera su mano como por descuido en la mía, se la aparté con disimulo. Qué instigadora era la tentación, pero la evité una y todas las veces con pretextos inverosímiles. No deseaba que Marino llegara a vernos y malinterpretase las circunstancias. Días después, empero, tomé de la mano a Carolina para ayudarla a saltar un charco en la explanada de la Facultad. Permití que no me la soltara. El tacto de su piel me hacía daño, porque no era Carolina quien me estaba tocando, sino la Amanda que me había abandonado ciento treinta y un días atrás. Esa Amanda que me conoció tal cual era, y yo a ella. La mujer a quien amé y odié, habiéndola amado mucho más. Tú no eres Amanda, dije en voz alta, y Carolina rio al escucharme. Lo hizo como ríen las mujeres mientras empiezan a destilar el veneno de la seducción. Tuve miedo y decidí a apartarla antes de ser visto. Sin embargo, Marino nos descubrió.

La última noche que entré donde las cosas de Marino leí en sus notas:

> *Seis y tres módulo uno*
> He cedido a la insistencia de mi mente por dejar las cosas claras, de otra forma esta obra no estaría completa y si alguien en la posteridad la leyese no entendería nada de mi paso genial por el laberinto de la vida. Luego de que hace varios días lancé los dados y vi con placer cómo aparecía cada número, supe lo que haría. Seis y tres son nueve…

No seguí leyendo. La verdad llegó a mí como centella. Tenían que ser los nueve desdichados del noticiero. Con el *sueño profundo de la ra-zón* se había referido a la muerte causada por los somníferos. ¿Qué hacía yo ahí en la jaula de ese loco, de ese asesino? Me vino un des-vanecimiento que hizo caer la notas de mis manos. La bitácora quedó abierta muy cerca de la última página con escritos, en entre cuyos entreveros estaba una fotografía de Carolina. Hojas después, leí:

Axioma: É*l* es mortal.

No creo que su *Él* se refiriese al conjunto de lo humano, o a Sócrates, o a la divinidad. Salí de la ciudad de México. Mi miedo anterior era apenas nada comparado con el que ahora sentía. Estaba huyendo para salvarme. Creo que de haberme llevado las notas, éstas habrían sido una buena evidencia para que se le detuviese no sólo como sos-pechoso de las nueve muertes (¿o de planear otras más?), pero las dejé en su sitio intactas, previendo cualquier incidente. Mis manos se hallaban vacías y la vida suspendida de un hilo. No tenía adónde ir. ¿Y cómo evitar que otros ciudadanos peligrasen? Abordé un autobús ha-cia Puebla, lugar que me resultaba familiar por haber hecho una es-tancia de investigación ahí.

Luego de un sueño ligero en el autobús, recién pasado San Martín Texmelucan y con los volcanes helados del Popocatépetl e Iztaccí-huatl como paisaje de fondo, no sólo de los sembradíos, sino de mi pesadilla. revisé las hojas impresas con mi hallazgo numérico. No po-día ser de otra forma, el *número* era irracional.

Puebla era la ciudad de origen de Marino, y la única que conocía yo además de Ciudad de México. Ahí me hospedé algunos días, en el pequeño departamento de un estudiante de posgrado ausente por su asistencia a un Congreso. Aún no entiendo cómo tuve la ocurrencia de indagar el pasado de Marino Montero. Busqué en el directorio telefónico apellidos de gente que pudiese estar emparentada con él. No había nadie. En vano hojeé páginas en los diarios de las hemerotecas. Sin que resultase de utilidad, pregunté por él en las universidades locales donde pudo pasar, antes de partir a doctorarse al MIT. Hasta que tuve una idea. Desde la infancia debió ser alguien excepcional, pensé, con mucha seguridad no le enviaron a una escuela pública. Uno por uno recorrí los colegios particulares hasta que, casi al punto de dejarme vencer, encontré un colegio alemán de prestigio. Ante mi solicitud extrajeron su expediente de los viejos archivos: Veamos, según lo que busca, hay algunos que pueden corresponder. En ningún caso coincidían los nombres. Tras una segunda revisión, la directora (anciana de unos setenta años) admitió no recordarlo, pero si de algo estaba segura era de que por sus aulas pasaron al menos tres alumnos diestros en el arte de los cálculos mentales. El ingeniero Martínez, profesor de uno de ellos, según apareció en la memoria cansada de la directora, era una persona excelente y murió de modo prematuro e inexplicable. No merecía una muerte así, me dijo la mujer, al parecer lo empujaron de las escaleras mientras bajaba, nunca supimos exactamente cómo ocurrió porque en apariencia fue algo accidental, pero nunca me tragué el cuento. No sé por qué, agregó la septuagenaria, pero siempre he tenido la impresión de que uno de esos jóvenes genios tuvo algo que ver, y no me pareció casual que la familia del más brillante de ellos se mudase de pronto, llevándose al joven al Distrito Federal. Mire, por experiencia le digo que esos niños superdotados suelen ser gente trastocada, además de altaneros y celosos, y retan siempre a sus profesores. Me puede haber lidiado con ellos. En el rostro de la anciana había una expresión de hastío contenido por los años. Antes de salir quise conocer la asignatura impartida por el profesor Martínez al presunto culpable. Matemáticas, respondió ella.

Pasadas unas semanas, regresé a México en un arranque de valor. Investigué el departamento donde aparecieron las nueve víctimas. Se me dijo que tiempo atrás lo había rentado alguien que aseguró vivir en Los Ángeles y sólo venía esporádicamente por cuestiones de negocios (¿Los Ángeles California?, estoy seguro de que siendo Marino de Puebla, bien pudo extrapolar nombres, jugar con palabras, con la alusión celestial al origen de su *Puebla de los Ángeles*). El portero mencionó que el *foráneo* a veces recibía gente. ¡Ya!, me dije, no debo buscar más: es *él*. ¿De cuántas otras muertes era o iría a ser responsable él?

Como dato curioso, y por si esto aporta algo a mi pesquisa en la ciudad de Puebla, me fue posible dar con los viejos diarios que se referían a la muerte del profesor Martínez. Ahí encontré algo de lo que tal vez la directora del colegio de Marino no se enteró: un investigador policíaco interesado en el caso de Martínez se suicidó de modo abrupto, sin que su familia conociese antecedentes de tendencias suicidas. Fue de llamar la atención que también muriese el coronel Ibáñez de la Procuraduría, quien recientemente había tenido a su cargo la investigación de los nueve muertos del departamento en la ciudad de México. Su deceso se debió a una fuga de gas butano: la sustancia volátil estalló cuando el policía encendió la luz al entrar a casa con su familia. Murieron todos.

Cuanto antes actuase, resultaría mejor.

De habérmelo propuesto, bien habría podido ingeniármelas para convencer a la policía de que se investigasen mis sospechas de Marino: habrían escuchado a la directora de colegio alemán con sus recuerdos e incertidumbres. El intendente del edificio en la colonia Tránsito habría reconocido sin problema un retrato real de Marino, en contraparte al hablado que debió contribuir a elaborar. Pero si en algo me parecía a Marino, aunque él me considerase un sujeto pusilánime y gris, era en que a mí también me gusta ver la culminación de las cosas.

Sí, para Marino era difícil la asimilación del cero. Padecía la fobia por esa cifra y quizá el horror mismo de la existencia. El cero le hacía sentirse ante la presencia de la nada y el vacío. ¿A quién le gusta el vacío? Cuando se le mencionaba el problema de Brouwer de los muchos ceros posibles o imposibles en una cifra irracional, Marino afirmaba no tener preocupación. ¡Bah!, exclamaba, necesitaríamos todas sus cifras para investigarlo y son infinitas, ¿lo olvidan? Marino se confiaba con este razonamiento acerca del infinito, le tomaba a la ligera. Pero el hecho de que no podamos predecir si hay o no una cantidad monstruosa de ceros seguidos en un número, en el que aparentemente no tienen razón de ser, no significa que no podamos encontrárnoslos de manera fortuita en alguna cifra. Los ceros nos pueden incluso engañar respecto a esa cifra, haciéndonosla creer racional, sobre todo si no tenemos el cuidado de contemplarla con atención. Preparé una sorpresa que no le iba a gustar a ese amante lunático de los números. Le hice llegar un mensaje electrónico a nombre del profesor Martínez (*un fantasma de tu pasado, ¿recuerdas, Marino?*), en éste se indicaban las instrucciones para obtener un número *interesante*, vía *Mathematica©*, a *5600* décimas. Se trataba del extraño irracional que me encontré en las arenas de la playa virtual, algo de lo que, tuve la certeza, sería un asalto a sus concepciones de lo perfecto. Porque Marino amaba a su manera la perfección y para cosas como esa era demasiado sensible.

Ante su pantalla se presentaría en *bytes*, iluminado por el flujo de millones de electrones, un número crucial, sorprendente, monstruoso: uno de los números de Pisot. El *número*.

Al día siguiente, Marino fue hallado muerto en su cubículo, tirado de bruces al lado de su escritorio. En el informe pericial, se declaró que había sufrido un ataque repentino de asma y no tuvo a la mano el nebulizador. Su cubículo fue desalojado días después. Al retirar Carolina y yo sus pertenencias para que el sitio fuese ocupado por otro profesor invitado, reinicié su ordenador, cuyo monitor permaneció congelado hasta entonces. Abrazada a mí, Carolina miró conmigo la pantalla encendida, donde lucían varias ventanas de programas abiertos, entre ellos la bandeja electrónica. No tengo motivos para pensar que Marino ignoró el mensaje de *Martínez*. Con el gesto de su última estupefacción, y el cuerpo seguramente rígido por la fobia, sus ojos debieron quedarse fijos ante la cifra contundente:

$$\left(\left(\frac{2}{\left(3\left(9+\sqrt{69}\right)\right)}\right)^{1/3} + \frac{\left(\frac{1}{2}\left(9+\sqrt{69}\right)\right)^{1/3}}{3^{2/3}}\right)^{30000} =$$

5.043165960656654932150594692427574810776102746808935031678444677128757182264862106103980765819340682753857825408213309478700354777871766946859877182545765655157863751804030841080877201973602630453775992992526007874643437115478340662656654242263167137970470876460028676595720882553729941413991192954257293905515987341623164931728987789298548218169139563816353624128215994510253193649036511102215152338143645279048930913371354240272588991921619868232355282955810598732001078755504975632193024344987469732081489429513875050815089544676150938253329884107629370887783660465530686857728553866459504826468144393019990165743377364065922255679117090517971285490773119127788881441087362

6597038621740186411069175749952023659419640302178959
5612659015207824257477907567818590472521187834397950
1048953268614290340265384740790514648773550021687547
5845252225041904360870681078279227104457227362368796
6932417337841611669591984103046776829649194090438705
2300273200377023748044343103233169109426144114438029
8348751920199059562790511888049750265002682883521913
8968584962896861235788076672538514785793444495539144
1537519437285121796122315842862423189949212117527981
4486360858048056575120864817906982359465546791033345
5703061443068891823765935581887182311839775111872409
2116272862912671381160865803740893007151687615872534
1127622968866605210362611399728215256794224599912431
8525312272054453231352062266379427243641875073599561
8191121806899179577732679626160875234377580466842238
1361446090681588594231684449905631308569143981611046
4143597646450582731053204235727780550415107612874413
3166097040034356155594355699310372567007362846011243
9243800517211794664815158651771479160942653186737535
7616728998278915676581991850146147039469698790005505
7821804367427737785530796529257310070440503552865770
6565889113413367817192934796097513499651992416721568
8582041932369782649567521678584676130166505149750837
3554704845376808917106579182046296637409148513289873
7129287935143459175813721830821381768374444936696984
7574915550272272181914967373068945254294933017249747
6348802878923380972880989819941626981662787664453931
6701546354316106609944787820220498246818854200290468
4676309826229889306798208587300602722354767354500448
0573914810092491101933870588744990654481144456437881
4239220572668180278032797347013668175334692909590627
1088971584210825489831313413876761278854904865782491

2624883639420318879265232485613570477399709046710448
0778132423835257758424180335745170573652705419795069
1951908858510985383906254985074673094196111657808386
9871331034408636054845107081922257029648252724270305
6995074918767257414142822271890334717277643954342541
8595099074729062595276296218468117193679017860241798
9512006492961330651781076337449499729308205550243207
6618464586027616119815676773736360189991491957175057
3461334948379308274782665382610938887164610763770766
9952322121063841012111950272802819214732121339193913
8517117401805454360045347532235299958021923292027677
8840652994222860862521050680568077934768444547283202
2947989505073864225065042453778536680082426933681881
6623176949556726361708670651772685686418825606961363
9937893809236306153420664991067712166783072652806506
5115430787822086187067816894109743170406015960678013
9617770602048383255107304641825616786778667766641145
8882950772884597096434654685726008506737520558832183
4061968066477136954754650582659722182787527038013350
8853607738471589700951963694066449868459559318968227
6245705729444128966684671962503579043593100943036133
5058057283719525424750533492243401220689154316788170
8739008884991490588279135076804550682803394454230822
1148888187376496354399413641511521268300533409275323
0471448815684295521726253123958196789418655868201079
5291845929630207675781253000000000000000000000000000
0000000000000000000000000000000000000000000000000000
0000000000000000000000000000000000000000000000000000
0000000000000000000000000000000000000000000000000000
0000000000000000000000000000000000000000000000000000
0000000000000000000000000000000000000000000000000000
0000000000000000000000000000000000000000000000000000

OOOOOOOOOOOOOOOOOOOOOOOOOOOOOOOOOOOOOOOOOOOOOOOOOOOOOOOOOO
OOOOOOOOOOOOOOOOOOOOOOOOOOOOOOOOOOOOOOOOOOOOOOOOOOOOOOOOO
OOOOOOOOOOOOOOOOOOOOOOOOOOOOOOOOOOOOOOOOOOOOOOOOOOOOOOOOOO
OOOOOOOOOOOOOOOOOOOOOOOOOOOOOOOOOOOOOOOOOOOOOOOOOOOOOOOOO
OOOOOOOOOOOOOOOOOOOOOOOOOOOOOOOOOOOOOOOOOOOOOOOOOOOOOOOOOO
OOOOOOOOOOOOOOOOOOOOOOOOOOOOOOOOOOOOOOOOOOOOOOOOOOOOOOOOO
OOOOOOOOOOOOOOOOOOOOOOOOOOOOOOOOOOOOOOOOOOOOOOOOOOOOOOOOO
OOOOOOOOOOOOOOOOOOOOOOOOOOOOOOOOOOOOOOOOOOOOOOOOOOOOOOOOO
OOOOOOOOOOOOOOOOOOOOOOOOOOOOOOOOOOOOOOOOOOOOOOOOOOOOOOOOOO
OOOOOOOOOOOOOOOOOOOOOOOOOOOOOOOOOOOOOOOOOOOOOOOOOOOOOOOOO
OOOOOOOOOOOOOOOOOOOOOOOOOOOOOOOOOOOOOOOOOOOOOOOOOOOOOOOOO
OOOOOOOOOOOOOOOOOOOOOOOOOOOOOOOOOOOOOOOOOOOOOOOOOOOOOOOOOO
OOOOOOOOOOOOOOOOOOOOOOOOOOOOOOOOOOOOOOOOOOOOOOOOOOOOOOOOO
OOOOOOOOOOOOOOOOOOOOOOOOOOOOOOOOOOOOOOOOOOOOOOOOOOOOOOOOO
OOOOOOOOOOOOOOOOOOOOOOOOOOOOOOOOOOOOOOOOOOOOOOOOOOOOOOOOOO
OOOOOOOOOOOOOOOOOOOOOOOOOOOOOOOOOOOOOOOOOOOOOOOOOOOOOOOOO
OOOOOOOOOOOOOOOOOOOOOOOOOOOOOOOOOOOOOOOOOOOOOOOOOOOOOOOOO
OOOOOOOOOOOOOOOOOOOOOOOOOOOOOOOOOOOOOOOOOOOOOOOOOOOOOOOOOO
OOOOOOOOOOOOOOOOOOOOOOOOOOOOOOOOOOOOOOOOOOOOOOOOOOOOOOOOO
OOOOOOOOOOOOOOOOOOOOOOOOOOOOOOOOOOOOOOOOOOOOOOOOOOOOOOOOO
OOOOOOOOOOOOOOOOOOOOOOOOOOOOOOOOOOOOOOOOOOOOOOOOOOOOOOOOOO
OOOOOOOOOOOOOOOOOOOOOOOOOOOOOOOOOOOOOOOOOOOOOOOOOOOOOOOOO
OOOOOOOOOOOOOOOOOOOOOOOOOOOOOOOOOOOOOOOOOOOOOOOOOOOOOOOOO
OOOOOOOOOOOOOOOOOOOOOOOOOOOOOOOOOOOOOOOOOOOOOOOOOOOOOOOOOO
OOOOOOOOOOOOOOOOOOOOOOOOOOOOOOOOOOOOOOOOOOOOOOOOOOOOOOOOO
OOOOOOOOOOOOOOOOOOOOOOOOOOOOOOOOOOOOOOOOOOOOOOOOOOOOOOOOO
OOOOOOOOOOOOOOOOOOOOOOOOOOOOOOOOOOOOOOOOOOOOOOOOOOOOOOOOOO
OOOOOOOOOOOOOOOOOOOOOOOOOOOOOOOOOOOOOOOOOOOOOOOOOOOOOOOOO
OOOOOOOOOOOOOOOOOOOOOOOOOOOOOOOOOOOOOOOOOOO1308948114465174
7951236035489454929072510241720588227917512706315775
95957302806949481931774975390950288O8...⌗

SEGUNDA ANALEPIS
El vértigo

El ruido que permanece desde el comienzo del mundo seguía oyéndose. Cogió un puñado de arena que se fue escurriendo por entre sus dedos. Calculus: con aquella huida de átomos empezaban y terminaban todas las cogitaciones sobre los números.

MARGUERITE YOURCENAR

Policarpo caminaba aprisa, llevado por la inercia del cuerpo hacia la casa virreinal cada vez más cercana. Al mirar la techumbre de nubes que cubrían con maldad el mundo sideral, notó que la tormenta había disminuido. Sudaba copiosamente. Las escasas cuadras que le separaban del lugar donde dormía la máquina ruin se miraban distorsionadas, parecían alargarse entre las hileras de lámparas públicas cuya luz lastimó sus ojos. Aquellos resplandores se le antojaban intensos, nunca creyó haber visto uno que le causara vértigo. El cielo de arriba amenazaba con desplomarse.

Minutos atrás, De Salazar se había percatado de que en la humedad tibia de su costado izquierdo escurría, a través de su ropa, un hilo escarlata intenso: era sangre escurridiza. En la lucha contra el degollador no había logrado desviar del todo el arma, mas apenas sentía la punzada, producto de la brutalidad del encuentro. Resbaló con una de las piedras mojadas del piso y cayó. El cielo se expandía y contraía como las fauces mismas de la noche, con su infinidad de abismos prestos a devorarle. Reuniendo su odio se incorporó para continuar a la meta, en ese instante levantó de nuevo la vista a la bruma que ocultaba los astros. *No son tantas las estrellas.* La longitud de la calle era como un pozo horizontal y en su fondo se alcanzaba a distinguir el origen de los miedos. Ya en la cercanía del inmueble virreinal, respiró con fuerza y se detuvo a pensar bajo el dintel de un zaguán de madera y hierro. Burlar a los vigilantes de la residencia oficial sería difícil. A veces, una tapia puede ser escalada o saltada. Volvió a la intemperie, caminó lo que restaba del trayecto y se dispuso a dar un rodeo a la residencia. Ya decidido, se dirigió a la casa por el frente, dispuesto a enfrentarse contra cualquiera y entrar, aunque fuera lo último que hiciese. Carraspeó con su garganta hueca, preparado para la afrenta con quien resguardase la entrada. Su hallazgo resultó insólito, jamas se habría esperado un espectáculo como tal frente a él: justo a un lado de la entrada, los vigilantes se hallaban ebrios, tirados en los pocos peldaños de la escalinata que remataba en la entrada. Dormitaban mojados por la lluvia. De todas las fuerzas policiales de la Nueva España, la que debía estar más alerta, salvaguardando la integridad del virrey, por lo tanto la del rey y como consecuencia la de un reino, era aquélla, la que aun a costa de su vida tenía el cometido de empuñar la espada, estar en alerta siempre y pelear, esa misma que ante De Salazar se hallaba ahora en un estado lamentable. Por siglos, los veladores se han dormido confiando en que su instinto les despertará antes de llegar el alba para dar por cumplido su deber nocturno, Por siglos, los veladores han bebido licor y caído. Policarpo observó las llaves en el cinto de uno de los guardias. Con gran cuidado las desprendió y fue así como De Salazar y Hurtado entró, pasada la medianoche, a la residencia del hombre que representaba al rey de España y por lo tanto a Dios. Con sus manos asesinas separó las hojas de la puerta principal y se encaminó al interior de la casa dormida.

Dentro se hallaba a oscuras, las sombras de objetos desconocidos se ocultaban en la sombra mayor de la noche, a la cual sus ojos no tardaron en habituarse, acostumbrados como estaban a pernoctar y acechar víctimas en la oscuridad de mucho antes del alba. Dirigió sus pasos a la habitación mayor donde suponía la presencia de la *Rueda*. Su respiración se volvió dificultosa y el costado le punzaba. No fue difícil encontrar la sala, era la estancia más accesible y él había estado ahí. Un flujo de desaliento recorrió su cuerpo cuando notó la ausencia de la *Rueda*: nada había ahí, la sala se hallaba solitaria y el silencio emitió latidos de quietud. Su mirada se mantenía inmóvil en una pared cuando el acto de respirar comenzó a punzarle. Se llevó la mano al área lacerante y levantó la prenda que la resguardaba, supo entonces de la gravedad de la herida. El degollador había logrado una estocada profunda que él no advirtió como tal en la rabia del encuentro y en su prisa por llegar adonde ahora se encontraba. La sangre fluía sin detenerse. Si la máquina no estaba ahí debía encontrarse en otro sitio de la casa. Su aborrecimiento por los seres que dormían en ese sitio le hizo tensar los dedos para el ejercicio de la muerte: el virrey y su mujer eran para éstos únicamente gargantas: esos cerdos regordetes que se habían adueñado con avaricia del artefacto por reducir al polvo... Policarpo exploró otros pasillos de la planta baja y subió después por la escalera de piedra en dirección a las recámaras reales. Tropezaba a su paso con muebles ostentosos, labrados con maderas preciosas de Oriente, cedro y acacia tratada. Había floreros de China, estatuillas talladas en Florencia y Nápoles, piedras del Cairo y, sobre todo, oro, mucho oro. La máquina no estaba tampoco ahí, ni siquiera las nubosidades de su niebla. Un hilo de sangre iba quedando regado tras sus pasos, sentía su propio calor en el vestido mojado. De la pared a su derecha colgaba una lámpara en cuyo interior bailaba la débil llama. El asesino llegó a uno de los dormitorios. Junto a la puerta, en su pequeño nicho miró la imagen de Santa Teresa y recordó el cuello de la santa al que sus manos se aferraron antaño en la fiebre homicida. A pasos quedos se introdujo en el cuarto contiguo donde el aroma de su carne fétida se mezcló con el aliento del virrey que roncaba como animal gutural en lo profundo de su cueva. De Salazar se encontró ante dos bultos cubiertos por cobijas de lana fina. María Antonia dormía dando la espalda al marido de su decepción, la vieja agria y sin ilusiones sumida en un sueño comprado, subido de precio. El marqués, en cambio, yacía boca arriba con los ojos semiabiertos y las barbas sucias por la saliva densa brotada de su boca. Sus ronquidos le hacían parecer otro del que a diario se veía en la corte, nepótico y cínico, porque le mostraban en la condición primitiva e insana de su cuerpo carnal. Olvidando su dolor Policarpo se acercó y le miró largo rato con fijeza. Pasó los dedos por las comisuras de la piyama virreinal, palpó con suavidad las barbas del durmiente y muy cerca del cuello colocó su diestra fuerte y experimentada. Los rostros estaban bastante cerca y su aliento enfermo impregnaba la cara de Branciforte. El dolor se volvió a manifestar con más intensidad, las palpitaciones taladraron su ser. Sobre el suelo, la sangre había formado un charco espeso y la punzada, ahora arremetiendo con franqueza, le hizo doblarse hasta caer. Cada objeto del mundo dio infinitas vueltas. El aliento le faltaba. Bajo la cama real Policarpo creyó ver repentinamente los rostros de los cadáveres que antes de ser tales se habían retorcido entre sus manos. ¡Le miraban! La cuchillada había sido definitiva. Perdió la orientación de los objetos. Con dolorosa lentitud, entre pausas de temblor se incorporó y tambaleando se halló en el pasillo que comunicaba a otra habitación. Volvió a caer y de nuevo a levantarse. Su furia era demasiado grande y grande la cantidad de aire que aspiraba, aquel cuchillo no podía ser la causa de su muerte, no ahora, cuando se disponía a realizar una obra importante para salvarse del absurdo. A pocos pasos encontró el umbral de otra recámara, adonde se introdujo. Ahí dormía la joven Carlota. Su aliento era suave y bastante distinto del de las carracas durmientes en el cuarto anterior. Destilaba paz. Al lado de una repisa pequeña, con flores de azahar en el florero, se hallaba la *Rueda* cortando la penumbra tenue y delicada, resultado del resplandor de lámpara que se filtraba por la entrada. La mirada fría y rígida de De Salazar adquirió expresión frente a la máquina. Su mano cubría la herida palpitante, los dedos pospusieron la huida de la energía que le abandonaba al finalizar su búsqueda. Se tambaleó con más violencia, como un ebrio bajo el efecto en el rostro de la brisa fría de la noche. Tenía el artefacto a unos pasos de sus pies. El aliento de Carlota, sereno y dulce, interrumpió su visión. Al mirarla experimentó algo extraño, era un flujo eléctrico por todo su tronco desde el fondo del ombligo (el lugar de los sentimientos intensos) hasta la altura de la garganta: una sensación distinta a cualquiera experimentada en vida. Policarpo pudo por vez primera admirarse por una mujer, no una como Crescencia, la prostituta de los caminos errantes, sino alguien dulce. Fue sólo el instante de un destello efímero que llega y se pierde en lo profundo. Por primera vez lo conmovía una belleza femenina, justo a su llegada a otro objetivo distinto y sin alma, la máquina de metal. También deseó acariciar el objeto de maravilla que eran las mejillas rosadas de Carlota y el fleco de pelo tan suave al lado de la almohada. Empezó a mirar difusos los objetos y la noche, las cosas combinadas y cambiadas del sitio natural y el mundo invertido en un vértigo de infinito y nada a la vez. *No son tantas las estrellas*. Los rostros de los muertos aparecían de nuevo y se esfumaban entre los muebles del dormitorio, que eran a su vez números de distintos órdenes y el vaivén de relojes lejanos y la niñez y la angustia y la muerte. De pronto palpitaban los objetos desvaneciéndose ante otra claridad, la de un rostro juvenil sumido en sueños, cara de labios tiernos y un cuello esbelto que, por primera vez, miró sin ansias de estrujar. Fue la noche de las primeras veces. Por vez primera no escuchaba ese aliento tierno para contar cada aspiración y espiración. Los escuchaba con el placer insólito de oír la vida, así como días antes había caído en la cuenta de que ya no estrangulaba buscando una cifra, sino por el sólo gozo de hacerlo. En la noche del olvido se puede entender el sentido de las cosas, pero era ya demasiado tarde. Siempre había sido tarde para todo.

El vértigo le hizo girar el rostro y trajo de vuelta ante sus ojos, desde una lejanía insondable, la máquina. En su costado, las punzadas parecían ya un cosquilleo imperceptible. La *Rueda* no se apartaba de sus ojos y se quedaba fija en su mente. Los números se volvieron nociones difusas mientras la carne comenzaba la aceptación de otro estado, el estado del infinito en que se da la disolución del todo. El rostro de Carlota giraba en torno a él y luego la máquina. Momentáneamente los dos iban, venían y le mareaban, luego ambos se fundieron, dos seres indistinguibles el uno del otro: la máquina-mujer. Un eco lejano repetía en sus adentros: *la máquina que calcula números.* Era su contraparte. Policarpo calcula. La máquina calcula. La Máquina Todo. Ya no habría más. De Salazar agonizaba. Una categoría inferior de mundo que flotaba por todas partes a modo de proyección se fundió y confundió con el mundo, éste palpitaba, se expandía y contraía creando sombras confusas. Su mente había pasado del estado de la fijeza al estado de la máquina, el de la Máquina frente a él donde la conciencia se aferraba mientras el vacío empezaba a llenarlo todo. Policarpo cayó de rodillas ante la Máquina en un gesto inconsciente que pareció a la vez solemne y obsceno. Era un gesto de adoración. Luego se fue de bruces y, mientras se perdía en la inconsciencia, miró cómo la Máquina se esfumaba con él y con el mundo. ⌗

AGRADECIMIENTOS Y CRÉDITOS

A Humberto Macedo (q. e. p. d.), quien leyó íntegro el texto de mi último borrador y me hizo precisiones invaluables. A mi amigo Jaime Mesa, por su lectura de la primerísima versión de la novela en 1999. Al equipo de Malaletra Libros, en especial a Eugenio Santangelo, por su erudición y entusiasmo para la mejora del escrito en su antigua versión electrónica. A Javier Vargas de Luna, por su generoso prólogo con motivo de la reedición de mi libro. Al gran Yuri Herrera, quien me escribió con generosidad la cuarta de forros. A Omar Villasana, el más entusiasta editor a quien debo que esta obra siga con vida. A Leah Duncan, quien realizó en la Wayne State University un estudio teórico de esta obra que me es fundamental.

El *número de Pisot* de la parte *proléptica* de la novela, es una entidad abstracta generada con *Mathematica©,* programa de Stephen Wolfram. Este número se atribuye, entre tantos otros, a Charles Pisot y puede consultarse en el portal de la *Wolfram Reference* mediante el siguiente código QR:

www.ingramcontent.com/pod-product-compliance
Lightning Source LLC
Chambersburg PA
CBHW050904180626
46814CB00007B/2882